THE DAY I WAS ERASED

橡皮擦男孩

麗莎·湯普森 LISA THOMPSON 著

陳柔含——譯

大家好，我是麥斯！
也就是這本書的主角，
讓我來介紹一下
我的家人跟朋友吧！

怪獸

「怪獸」是我的狗的名字，牠有著長長的耳朵、白色的身體，腿和背上有黑色和咖啡色的色斑。牠長得圓圓胖胖的，但是很會挖隧道，爸說牠大概有一半鼴鼠血統。一年前的放學路上，我救了怪獸一命，那時候牠差一點就被車子撞到了，還好我出現了！

爸跟媽

我的爸媽艾迪跟亞曼達常常吵架，他們不願意跟對方分享任何東西，所以我家冰箱裡的食物都貼滿了便條紙，上面寫著爸跟媽的名字。如果他們發現對方吃了自己的食物，就會氣得爆炸。

貝絲

我姊貝絲已經 15 歲了，她超級怪的，房間裡的海報寫滿

了英國國王跟女王的名字。為什麼她不能像正常的 15 歲女孩子一樣喜歡偶像團體或是電影明星呢？

怪咖查理

怪咖查理是我最好的朋友。他喜歡聽一些像是「太陽的聲音」之類的東西，還一直邀請我加入科學研究社，所以我就叫他「怪咖查理」。

老雷

老雷就住在我家附近，他的年紀很大、記憶力有一點問題，但是我常常會去老雷家跟他一起喝茶、聊聊天。

霍華先生

霍華先生是我的級任導師，他喜歡我們學校的西班牙語老師荷絲莉小姐。

校長洛伊德太太

洛伊德太太是我們學校的校長，每次只要我犯錯，就會被叫去她的辦公室。

目 錄

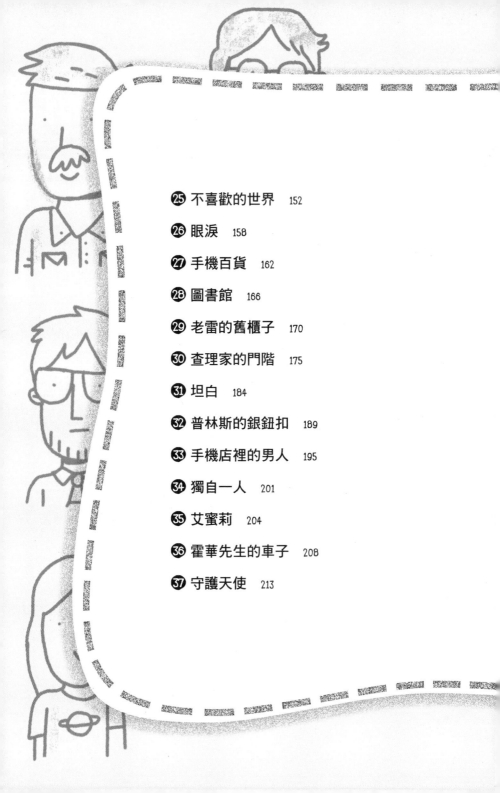

如果有一天，

最好的朋友不認識你，

爸爸、媽媽、哥哥、姊姊都不記得你，

就像有人用橡皮擦把你擦掉了……

CHAPTER 1

班克斯太太的垃圾桶

　　我的狗「怪獸」是全世界最棒的，絕對是。

　　爸說怪獸說不定有一半鼴鼠血統，因為牠很會挖隧道，通常都在我家院子的圍籬底下挖。牠長得圓圓胖胖的，沒有卡住還真是奇蹟。

　　我看過牠挖隧道，牠坐在花床上盯著木板，彷彿在想該怎麼對付它們，接著就開始挖。一堆泥土從牠擺動的尾巴下面飛出來，然後牠用奇怪的姿勢拖著肚子、後腳往兩邊一攤。下一秒，牠就不見了。

　　牠每次逃家都會去同一個地方——班克斯太太的前院。牠衝向她的垃圾，撞倒後像個毛茸茸的大吸塵器一樣偷走所有東西，真的是所有東西。有一次牠在客廳地毯上吐出一條內褲，媽不知道該不該把它洗乾淨後還給班克斯太太，我說如果那條內褲原本就在垃圾桶裡，就表示班克斯太太已經不想要了，不是嗎？

　　班克斯太太這週逮到怪獸翻了她的垃圾桶三次，她抱著面

朝後方的怪獸來到我們家的門階，牠的尾巴甩呀甩，跟開心時候的表現一樣，班克斯太太必須把臉撇向一邊，才不會被尾巴打到。

「妳知道這傢伙已經完全失控了吧，貝克特太太？」班克斯太太說。媽有點激動，因為她開門前正在跟爸吵架。怪獸不再搖尾巴，開始扭啊扭，但是牠愈扭，班克斯太太就抓得愈緊。

「牠又在翻我的垃圾桶了，而且還留了一個禮物在我的草皮上。」

「禮物？」媽說，一邊扶著額頭。

「對，禮物，貝克特太太。又髒又臭，很噁心的那種。」

怪獸的尾巴又搖了起來，就像在告訴我們「禮物」是從哪裡來的。我發出哼的一聲，班克斯太太便看了我一眼。我的狗被她抓得更緊了，我聽到牠尖銳的叫了一聲。

「妳不能這樣抓牠！」我大喊，「牠不喜歡，快把牠放下，妳這個可惡的老……太婆！」

「麥斯！」媽說。

班克斯太太的眼睛瞪得好大，我覺得幾乎要從她臉上掉下來了。

「妳就這樣讓妳兒子……妳的小孩這樣跟我說話嗎？」

媽看著我、張開嘴巴，但什麼都沒說，彷彿不知道該說什麼。怪獸的尾巴停了下來，牠開始發出哀鳴。我跳下門階試著把牠從班克斯太太手裡搶救出來，「妳弄痛牠了！放開牠！快

點放開牠！」

班克斯太太發出尖叫，「噢，走開！不要碰我，你……你這個搗蛋鬼！」

「麥斯！你是怎麼回事？」媽大喊，一邊拉著我的肩膀。怪獸掉到地上發出尖銳的叫聲，牠快速甩動身子後便跑進屋子裡，彷彿什麼事都沒發生。

「我很抱歉，班克斯太太，麥斯平常不會這樣的。」

班克斯太太撥開臉上的劉海。

「我可不這麼想，貝克特太太，妳兒子惡劣又粗暴，我知道，學校知道，妳肯定也知道。我建議妳管好那隻狗和妳兒子，不然我就要檢舉你們。」

她轉身氣呼呼的從走道離去，穿過曾經裝有柵門的地方。媽關上門、深吸了一口氣。我知道她打算數落我一頓，但是爸從廚房大吼：

「亞曼達，妳是不是吃了我的雞肉義大利麵？撕掉便條紙也不代表那是妳的！」

媽咬牙切齒，憤怒的穿過玄關。

「不，艾迪！我才沒有碰你那該死的義大利麵！」

我沉重的呼了一口氣。我爸媽有個愚蠢的約定，他們會各自買食物，然後在自己的食物上貼便條紙，如果他們覺得對方吃了不屬於自己的東西就會抓狂。我跟我姊貝絲沒有用便條紙，爸媽幫我們準備什麼，我們就吃什麼。我討厭那些便條紙，討厭的程度就跟討厭班克斯太太弄痛我的狗一樣。

　　　　★　★　★

　　那天晚上爸跟媽大吵了一架，幾乎是吵得最凶的一次。我試著入睡，但他們吼對方的聲音穿過了房間牆壁。

　　我想到貝絲的房間跟她一起度過這次的爭吵，就像小時候暴風雨來臨時一樣，不過貝絲現在都不讓我進她房間了。她15歲了，是個討厭鬼，牆上的海報竟然是全英國國王和女王的名字，誰會像她這樣啊？為什麼她的海報不是偶像團體或電影明星，或「正常」15歲女生喜歡的東西呢？儘管如此，我還是寧願待在她房間，我不想自己一個人聽他們吵架。

　　爸媽在吵怪獸和班克斯太太的事，然後也吵我的事。他們把我在學校惹的所有麻煩都怪到對方頭上。我用枕頭包住頭，試著昏睡過去，最後終於在午夜左右聽見大門用力甩上的聲音。我坐起來，聽見爸的廂型車發動並加速駛離，感覺放鬆了一點。爸會開車繞來繞去直到冷靜下來，等我們都睡著了他才會回家。

　　我把被子蓋過頭、身體縮成一團。如果班克斯太太沒有帶著怪獸來敲門，就不會有這些爭吵了，都是班克斯太太的錯。我一邊陷入沉睡，一邊想到了報復她的方法。

CHAPTER 2

院子裡的紅鶴

　　班克斯太太的草皮上有一隻粉紅色的紅鶴，它正用滑稽的模樣望著我。我在院子角落蹲下時，它的黑眼睛注視著我，動也不動。

　　每天上學和放學，我都會經過班克斯太太家，那隻高高的塑膠紅鶴大概是一個月前出現在水池邊的。班克斯太太幾乎每天都會到院子裡欣賞或稍微移動它的位子，如果她開口跟它說話，我大概也不會感到驚訝。總之，那隻笨鳥就要倒大楣了。

　　我身旁刺刺的灌木開始晃動，一隻溼溼的鼻子冒了出來，在空中嗅啊嗅。

　　「怪獸！你怎麼又跑出來了？快躲好，被她抓到的話她會活剝你的，你知道吧？」怪獸用頭從側邊撞我，我便搓搓牠的脖子。牠的尾巴一圈又一圈的甩，屁股狂扭。

　　我回望著那隻紅鶴，抓起我在我家後院發現的半塊磚頭。

　　「誰會買這麼醜的東西啊，對吧，怪獸？那隻紅鶴是我見過最噁心的東西。」牠舔舔我的手背，我把牽絲又黏稠稠的東

西抹到制服褲子上。

「這個院子根本醜斃了。」我說，「你看！」

班克斯太太家從柵門到家門都鋪了石板，客人完全沒有機會踩到她珍貴的草皮。據我所知，她從來沒有客人，沒有人到她家喝茶或問候她過得好不好，但倒是有很多人在經過她的院子時停下來呆呆的張望，這可不是因為她的院子很漂亮或有很多熱帶植物什麼的，而是因為她布置得實在太……誇張了。她在明亮的花叢中放了戴高帽的水泥松鼠家族、六個擺出各種體操姿勢的小精靈、一個推著小推車的大肚子老人和一個許願水井。粉紅色的紅鶴是新買的，今天早上我走路上學時才看到班克斯太太正在擦它身上根本看不見的灰塵，顯然這是她最喜歡的新玩意。

我緊握磚頭，看著班克斯太太的窗戶，她裝的是辦公室用的那種百葉窗，垂直式的，還是又醜又髒的綠色。她的百葉窗都關上了。

「好，你準備好了嗎？」我說。怪獸在旁邊深深嘆了一口氣後開始舔自己的屁股，牠每次覺得無聊的時候，就會這麼做。

「好，」我站起來說，「三，二，一……」我在手中轉動一下磚頭，接著丟了出去……

實際情況跟我原本所想的其實有點差距。我本來打算把那隻鳥擊倒，也許會在它愚蠢的塑膠頭上弄出一點凹痕，聽起來不是很嚴重，但是對班克斯太太來說，看見全新的紅鶴倒在完

美無瑕的草皮上就足以讓她大崩潰了。

但是實際情況卻是這樣：

那塊磚頭從我手裡飛了出去，一邊旋轉一邊往那隻培根色的鳥飛了過去，我張著嘴，等待它命中目標。它擊中了，扎扎實實的擊中了，不只打中紅鶴，還讓它的頭斷得一乾二淨，發出「喀啦！」的巨響。

塑膠頭在空中翻滾，掉在班克斯太太的門階上，就像某種變態包裹。無頭紅鶴的身體則待在原地，細細的腿依然站得好好的。

「哎呀。」我低聲說。我慢慢往後退到柵欄邊，垂直百葉窗開始晃動。

「走吧，怪獸，該跑了。」我說。我抓起書包爬過柵欄，我的狗則試著擠過一個狹小的縫隙。牠剛才就是這樣進去的，但是現在卻十分費勁，牠卡住了。

「快拉呀，怪獸！」我說，牠站在那裡對我搖尾巴，「我們得走了！」

就在我打算跳回柵欄另一邊推牠屁股時，牠又奮力試了一次，接著就撲到了人行道上。牠甩甩身子後抬頭看我，彷彿在說：「好，接下來呢？」

我一邊奔跑一邊大笑，無頭紅鶴呢！就在她的院子裡！這簡直再好不過了，她大概會氣到爆炸。她會打開家門、看見掉在門墊上的那顆頭，然後像火山一樣激動爆發。我們度過了危機，於是放慢速度用走的回家。

「我們最好先別惹事，以免她懷疑。她一定會氣瘋的。」我說。

我踏上院子的走道，進門後把書包扔在樓梯上並用腳關門，怪獸跑進廚房查看牠的碗裡有沒有東西可以吃。

「媽？印表機沒有墨水了，我要印報告……噢，是你啊。」

我姊貝絲出現在樓梯上，雙手環抱在胸前。

「你是不是又打架了？媽會生氣的。」

我低頭看我的制服，襯衫衣角露到長褲外面，側邊還被班克斯太太的柵欄劃破；原本黑色的鞋子沾滿泥巴變成了咖啡色，領帶也纏在左手手腕上。我討厭打領帶。整體來說，我看起來挺正常的。

「你知道你又會被禁足吧？」貝絲說，一邊砰砰砰的走下樓梯，從我旁邊擠過去。

「我沒有打架，」我說，並跟著她走進廚房，「我其實在忙著教訓班克斯太太。」

貝絲沒有理我，開始翻廚房抽屜。

爸媽都不在家，所以屋裡暫時是安靜的。我打開冰箱，看見飄動的黃色便條紙時噴了一聲，幾乎每個食物或飲料上面都貼了一張名字，有些是「亞曼達」有些是「艾迪」。有瓶白葡萄酒上面的便條紙還寫著：「亞曼達的，不准碰。」

我爸媽不再跟彼此分享任何東西了。我拿了一罐沒有貼便條紙的可樂，這表示我跟貝絲都可以喝。

「他們為什麼不用兩台冰箱就好了？這絕對比那些愚蠢的便條紙好吧。」我甩上冰箱門說。

　　「麥斯，你知道印表機的墨水匣放在哪裡嗎？我急著用。」貝絲說，一邊打開另一個抽屜。

　　我喝了一大口可樂，「噢，我知道啊！」我說。

　　貝絲轉過來，「太好了！在哪裡？」

　　我又喝了一大口，舉起手後：「嗝——！」

　　我用盡全力打了一個超大聲的嗝，貝絲哼了一聲。

　　「你真的很噁心耶，你知道自己很噁心嗎，麥斯？」

　　我邊笑邊從櫥櫃裡拿出一包洋芋片，把上面寫著「艾迪」的便條紙撕掉後扔進垃圾桶。爸並不介意我吃他的洋芋片，只有媽吃了，他才會崩潰。我往嘴裡塞一口洋芋片，貝絲繼續翻找櫥櫃。

　　「你房間有嗎？」她說，「拜託啦，麥斯，我要印波斯帝國的報告。」

　　我連那是什麼都不知道，但肯定是她「做好玩的」東西，而不是什麼回家作業。就像我之前說的，我姊很怪。

　　我歪著頭，手指輕觸下巴，假裝思考墨水匣放在哪裡。

　　「我想想……可能在……嗯，不對，我不知道。」我說，然後給她看嘴裡的碎洋芋片。

　　貝絲咕噥一聲後轉身。

　　「你真噁心。」她說，「你到底為什麼要出生啊？」

　　我暗自微笑，把洋芋片袋子揉成一團後丟進垃圾桶。

CHAPTER 3

我的狗，怪獸

　　我跟怪獸的緣分很特別，真的很特別。如果牠沒有在吃、睡或舔屁股，通常都會跟在我旁邊走來走去。牠會抬頭用大大的咖啡色眼睛看我，我很肯定牠知道自己能活到今天都是因為我的關係。沒錯，我本人麥斯・貝克特，救了怪獸一命。

　　這件事大約發生在一年前放學回家的路上。那天我又被留校察看，你可能認為這樣不好，但這其實是一件好事，因為這代表我會在對的時間點出現在對的地方。那學期我已經被留校察看很多次了，理由包括對老師頂嘴、穿錯制服、沒寫作業、讓火災警鈴大響，還有跟大家說怪咖查理要搬去杜拜。因為我實在很有說服力，所以查理還被叫到校長辦公室問為什麼他媽媽沒有跟學校說這件事。查理是我最好的朋友，雖然這件事一開始讓他不太高興，但最後他也覺得挺有趣的，我是這樣認為啦。而這次留校察看的原因，是我把全班的數學習作簿丟進餐廳垃圾桶——這其實比你想得還簡單。

　　數學課（這堂好像是在教角度或其他浪費時間的東西）下

課後鈴聲響起，數學老師古塔先生要我們在離開時把習作簿放在他桌上、他會批改。

我沒有寫作業，前一週的也沒寫。沒寫作業對我來說通常不是什麼大問題，但我知道這次他們會打電話給爸或媽，代表他們又會大吵一架。就在我把習作簿疊到最上面時，走廊傳來東西打破的聲音，於是古塔先生急忙出去查看，我也成為最後一個離開教室的人，所以我沒有多想，就抱起所有習作簿、塞進包包。

走廊上一團亂，有一位自然與科學老師打翻了裝試管和瓶瓶罐罐的托盤，到處都是玻璃碎片。古塔先生幫忙收拾，怪咖查理則自願當「人肉盾牌」、擋住要通過的人。

「大家後退！這裡有玻璃，玻璃！」他大喊，彷彿那裡有未爆彈之類的東西。他有時候也有點白痴。

我算算大約要在三分鐘內把習作簿處理掉，再去上下一堂課，所以我逃到餐廳，那裡有最大的垃圾桶，只要再七十五分鐘，大家就會把午餐廚餘倒在習作簿上，古塔先生絕對不會知道我沒有寫作業，完美。

廚房有四位阿姨，其中一位正在唱歌劇，很難聽，她們忙著嘻嘻哈哈沒有注意到我，也沒有聽到書本掉進垃圾桶的聲響。我抓了幾張餐具區旁邊的餐巾紙丟進去、遮住習作簿，接著跑去上地理課，在老師抬頭之前就坐定位了，簡單。

我不知道自己怎麼會被逮到，一定是眼睛很利的那位餐廳阿姨注意到了。最後一堂課時，校長洛伊德太太要我到她的辦

公室，並向我宣布好消息——留校察看一週並通知爸媽。避免家裡發生爭吵的計畫完全發揮了反效果。

留校察看最後一天結束時，我決定走遠一點的路回家，遠離他們的大吼大叫久一點。我繞到帕默斯頓大道，看見馬路上有個東西，一開始我以為是舊毛大衣，但那個東西居然動了起來，是一隻狗！牠有長長的咖啡色耳朵、白色身體，腿和背上有黑色和咖啡色的斑塊。牠在喘氣，栗子棕的眼睛看起來水汪汪的。路上沒有車，所以我就走到馬路上。

「哈囉，小子，」我說，因為那時候牠還不叫怪獸，「你受傷了嗎？」

那隻狗閉上嘴巴吞了吞口水，接著開始舔後腳掌。牠沒有戴項圈，腳掌附近的毛有深色的血痕。牠試著站起來，但是一踩到柏油路面就開始哀鳴。

「腳掌嗎？」我說，「是不是受傷了？」

我不知道為什麼要跟牠說話，大概是想安撫牠吧，就像電視節目裡救護車出任務那樣。當我試著讓牠站起來時，我聽見有車開過來了。一開始我沒有那麼擔心，我揮手等駕駛看見我並減速，但是那台車沒有慢下來，而且還加速。如果駕駛還是沒看到我，我就得跳到一邊，而那隻狗就會像鬆餅一樣被壓扁。

「嘿！」我對那台車大喊，「嘿！停車！有動物受傷了！」

那位駕駛在講電話，而且還一邊照鏡子。

「嘿！快掛電話！停車！」我大吼。就在最後一刻，駕駛抬頭並轉彎閃過我們。

「白痴！」我對他大叫。

我蹲下來，那隻狗吞了吞口水後開始舔我的手。

「好險啊，」我說，「帶你回家吧。」我把牠抱起來——這不是很容易，因為牠超級重——然後搖搖晃晃的走回家。

如果你想抱著一隻腳受傷的胖狗走將近一公里的路，我勸你再考慮一下，這可不輕鬆。雖然牠被抱著好像很高興，但是牠的嘴很臭，還一直舔我的臉。

「我不是故意這麼沒禮貌，」我大力喘氣，「但……你……你也許該……少吃一些點心。你不是狗，你是怪獸。」我露出微笑。

「對，怪獸，你就是怪獸。」我說。

回到家時，我把牠放在餐桌上，不過這大概不是最好的做法，因為媽氣炸了。

「帶一隻來路不明的狗回家，你在想什麼啊，麥斯？還把牠放在桌上，牠說不定有狂犬病！可能很凶，會亂咬人！」

牠抬頭看著我們，大嘆一口氣後放了好大的屁，連桌子都在震動。我輕笑了一聲，但是媽似乎被嚇了一大跳。

「我不能把牠留在那裡，媽，牠說不定會死掉，那時候有個人在講電話，開車朝我們衝過來還沒有看到我們，然後……」

媽驚呼了一聲。

「你是要告訴我，你站在……馬路中間嗎？你不知道這樣很危險嗎，麥斯？」

我摸摸那隻狗的頭。

「對……但……妳看看牠，媽，牠本來會死的。」

媽走過來看那隻狗，牠眨眨眼，就好像在對她拋媚眼。

「我們負擔不起看獸醫的費用，最好弄清楚牠是從哪裡來的，把牠送回去。」說完，她就拿起電話走向客廳。

我拉了一張椅子坐在牠旁邊，用手撐著頭、輕輕摸牠天鵝絨般柔軟的耳朵。

「她平常不是這樣的。」我跟牠說，「她只是有點擔心。」

貝絲一邊讀她那些無聊的書，一邊走進廚房，看見我們時停下了腳步。

「呃，這是什麼啊？」她露出厭惡的表情說。

「牠叫怪獸，」我說，牠開始舔我的手，「我救了牠一命。」

貝絲挑起眉毛後走了出去。我姊的話不多，但是她很會用臉上其他部位來表達。

爸下班回家後說，我們可以把狗放在廂型車後座載牠去看獸醫。

「去房間拿一條毯子，麥斯，軟一點的，也許再拿個枕頭？」他說。

我不知道爸是不是特別喜歡狗，但是因為怪獸在家裡讓媽

的反應很大，為了激怒她，爸就突然表現出很懂狗的樣子。

★ ★ ★

獸醫說，狗的身上沒有晶片，所以暫時無法知道牠的主人是誰，還說牠的年紀很大，而且是某種獵犬，這種狗很容易變胖。

「這傢伙就是完美的例子，」獸醫撥弄著狗耳朵說，「吃太多派了吧？你這個老傢伙。」

這隻獵犬用嘴發出聲音，彷彿知道「派」這個字的意思。獸醫仔細查看牠受傷的後腳掌，用鑷子夾出一塊玻璃。

「這就是為什麼牠不想放下後腿。我會清理好傷口再包紮，以免細菌感染。」

獸醫一邊處理傷口，一邊跟爸討論接下來該怎麼做。獸醫說他會打給負責的單位，讓他們把狗接走，安置到附近的動物收容所，讓主人有機會找到牠。

「但是我們可以照顧牠啊，對吧？」我說。

獸醫搖搖頭。

「恐怕不行，如果你想要給牠一個新家，就要跟收容所登記領養意願，他們會到你家確認你是不是準備好要養狗了。如果牠沒有被主人領走，你就有機會養牠。」

我一想到就很興奮，我的狗耶！

獸醫說不用收費，所以爸在離開時投了一些零錢到櫃檯的愛心募款箱裡。

「別抱太大的希望，麥斯，就算沒有主人把牠領回去，我們也要經過媽的同意，你也知道，她有時候很難搞的。」

我沒說話。我討厭他們這樣，想左右我的想法，想讓我覺得對方很可怕。

回家後我跟媽說也許可以養那隻狗，媽竟然答應了。我想這應該代表爸的想法是錯的，不過至少他們都同意讓我養狗了。

那一週，收容所派了一位小姐到家裡視察，那時候我在上學。那位小姐說只要牠的主人沒有來領回，我們要養怪獸是絕對沒問題的。媽要我別抱太大的希望，但我還是忍不住覺得很興奮。

有一天，我們去收容所看怪獸，牠的籠子上貼了張「已預訂」的貼紙，所以如果牠的主人沒有出現，牠就可以跟我們一起生活。媽笑著說大概不會有人對一隻又老又臭的獵犬有興趣，怪獸在籠子裡對我們搖尾巴，似乎不介意她這麼說。

牠的主人一直沒有出現，所以兩週後，怪獸就是我們的了，我簡直不敢相信！我真的有一隻狗了！而且不是什麼隨隨便便的老狗，我救了牠一命呢！我跟爸一起去收容所接牠，到家時，我抱著牠走進家門，彷彿牠是個重要人物所以不能用走的──就算牠的腳掌已經好得差不多了。

媽在廚房垃圾桶旁的角落幫牠弄了一張小床，還放了一碗水；爸開始緊張兮兮，說讓狗睡在那裡會吹到門底下灌進來的風，但是媽說那裡最適合，這樣牠就不會太熱。怪獸的頭左擺

右擺，看爸媽爭論著。

「久了你就會習慣了，他們總是會吵完的。」我把牠放進小床時小聲對牠說。爸媽往客廳走去，狗的話題已經結束，他們開始吵跟錢有關的事。除了我，這是他們最喜歡吵的東西。

「如果你沒有把錢白白花在那趟滑雪旅行，搞不好就可以付公寓訂金了，你有想過嗎？」媽尖聲說。

「好，亞曼達，那把妳過去一整年做頭髮的錢都加一加，看會有多少。」

我走到冰箱拿出火腿、撕掉上面寫著「亞曼達」的便條紙，然後坐在怪獸旁邊餵牠吃。沒多久，爭吵聲就變成了背景雜音，我幾乎沒有感覺了。

CHAPTER 4

怪咖查理

「查理!喂!查理!等一下!」

走路到學校時,我看見怪咖查理在前面,離我大約五十公尺。我到哪裡都認得出他走路的樣子,與其說是走路,不如說是踉蹌,好像要跌倒一樣。

「查理!」我追上他時用力打了一下他的手臂,「你沒聽到嗎?我叫你叫好多次了。」然後我看見他戴著白色耳機。

「麥斯!」他拿出一隻耳機說,「你一定要聽聽這個。」他把耳機胡亂往我的耳朵塞,所以我接過來自己戴上。

我們在那裡站了一會兒,我一邊聽,查理一邊開心的咧嘴笑。耳機傳來像洗衣機運轉的聲音。

「很好,這次又是什麼聲音啊?先別告訴我,是……藍鯨的腸子嗎?」

查理盯著我。

「你有那個音檔?」

我翻了翻白眼。

「我不知道啦，你比較懂這些，老兄。」

查理又望了我一會兒，一邊思考，接著搖搖頭。

「這個啊，朋友，」他用誇張的口吻說，「是太陽的聲音。」

我笑了出來。

「什麼意思啊，太陽？」

我們一人戴著一隻耳機走進學校。

「科學家錄下太陽外圍大氣磁場的聲音，這就是太陽發出的聲音。很棒吧？」

他露出喜孜孜的笑容，但是對我來說，這只是一些軟弱無力的雜音。

「這有多長啊？」我問。

查理低頭看手機。

「我弄了一個重複播放的檔案，所以大概有兩小時。」

查理按下播放鍵並露出笑容，但是有人一頭撞上他，查理的頭猛然往後一仰，耳機從我們的耳朵裡掉了出來。

「哎呀，抱歉，沒看見你，怪咖查理。」

馬可從旁邊走過，上下排牙齒緊咬著、露出假笑。

「沒關係，馬可。」查理說，他揉揉後頸，而馬可消失在人群之中。

「你怎麼這樣說？」我說，「他是故意撞你的！」

「我不覺得，麥斯，」查理把耳機塞好說，**「很明顯是我擋到他啦！」**

他大聲喊出最後一句話，因為他在聽愚蠢的太陽雜音，聽不到自己的聲音。有幾個人轉頭看了過來，我試著不理查理繼續走，但是他一把抓住我的肩膀。

「你今天晚上要來科學研究社嗎？你之前不是說好嗎？」

我打了個手勢想讓他小聲一點，這時候克勞蒂亞大搖大擺的走了過來，她是跟貝絲同屆的女生。

「啊……你要跟這位特別的朋友一起參加科學研究社嗎，麥斯？想跟你的書呆子姊姊一樣啊？」

我還來不及回話，克勞蒂亞就高傲的走了，她的朋友滑著手機、嘰嘰喳喳的跟在她身後。我實在受不了克勞蒂亞，她對我姊很糟。

我望向查理，他就跟平常一樣，完全不會去注意身旁發生了什麼事。他嘟起了嘴巴，就像平常逗我那樣，但是看到我笑不出來便作罷。

「你會來吧？你都答應了！」上星期查理說服我的理由是科學研究社說不定真的很有趣，因為你總要做些酷一點的事，比如炸掉某個東西。但是我現在絕對不會去的。

我沒有回答便繼續往前走，但是我聽見他試圖跟上的腳步聲。我們從很小的時候就是朋友了，但大家都知道他是個蠢蛋，怪咖查理也不是他的本名，他真正的名字是查理‧卡普，怪咖查理是我取的，因為他真的……很怪。有些老師也會這樣叫他，但他都不會生氣，還笑嘻嘻的把這當成讚美，真是有夠

笨的，被取笑都不知道。

★　★　★

「好了，快點⋯⋯坐好，8A 班，你們今天是怎麼回事？」級任導師霍華先生在大家走進教室時說，「快點呀，都坐到位子上！麥斯，就是在說你⋯⋯」

查理跟在我身後匆匆走進來，一屁股坐到我旁邊的位子上以免被其他人坐走，雖然通常不會有人這麼做。我沒有看他。

「好⋯⋯大家都知道，明天就是建校百年的狂歡舞會⋯⋯」霍華先生說，班上發出一陣歡呼。

「好，好⋯⋯我知道，真的很令人興奮，」霍華先生說，大家開始七嘴八舌的討論，他瞇起眼睛，「相信我，8A 班，我真的⋯⋯非常期待，真的⋯⋯」

我通常會避免參加學校的任何活動，但是連我都很期待這件事。我舉起手。

「先生！先生！先生！」

因為霍華先生必須特別盯著我，所以我坐在教室最前面。他靠著我身旁的辦公桌。

「什麼事，麥斯？」

「荷絲莉小姐會跟你一起來嗎？以約會對象的身分？」

最後一排有人吹起口哨，霍華先生漲紅了臉。他跟那位西班牙語老師已經約會快一年了，但為了看他變臉的樣子，我還是喜歡盡量提起這件事。

「會的，麥斯，謝謝關心，荷絲莉小姐會去，跟所有老師一樣。」

我露出微笑、靠回椅背，這場「霍荷戀」其實是我促成的。要不是我，他們就不會在一起了。霍華先生的臉色慢慢回復平常的樣子，這時我又舉起手。

「先生！先生！先生！」

霍華先生嘆了一口氣。

「又怎麼了，麥斯？」

「不知道這是不是真的⋯⋯」我停頓一下製造一些戲劇張力，「阿傑和巴斯明天要來學校拍外景節目，是真的嗎？」

班上每個女生都發出尖叫聲，有幾個男生也是，我瑟縮了一下。霍華先生不高興的瞪著我。

「你怎麼⋯⋯你怎麼會知道這件事？這可是機密！」

同學發現我不是隨口亂說，於是尖叫聲更大了。

其實幾個星期前我就已經知道了，我是從校長的電子信箱裡看到的。因為我對法語老師態度不佳而被叫去見校長洛伊德太太，他們叫我在辦公室裡等她，因為她在會客，所以我在等她的時候，偷看了一下她的電腦螢幕，她大概是忘記關上了。螢幕上有一封電子郵件，主旨是「確認拍攝：阿傑和巴斯的外景節目」。我盡可能看完所有內容，興奮得不得了，阿傑和巴斯外景節目要來學校，就在舉辦建校百年舞會當天晚上！整集都會在禮堂拍攝！真不敢相信，**阿傑和巴斯超棒的！**他們是近期最火紅的外景節目，大概是因為他們都到各種奇怪的地

方拍攝，像是某個人家的客廳，或是海灘和遊樂園，而且誰都不知道他們接下來會去哪裡。他們真的超級好笑，還有現場演奏跟很棒的遊戲比賽，會送大家度假優惠、車子什麼的。現在他們要來我們學校了！我在洛伊德太太走進來之前回到座位上，努力在她訓話的時候不要笑得太明顯。那天離開校長辦公室後，我就努力保守祕密直到現在。這就是我要的──讓全班陷入瘋狂。

霍華先生在教室裡走來走去，不停揮著手說：「噓！」還因為太用力而噴出一堆口水。

「好了……好了，8A 班，冷靜一下好嗎？對……所以你們都知道明晚的特別節目了，這個驚喜似乎被毀掉了，對吧，麥斯？」

我聳聳肩，大家興奮得停不下來。

「我不曉得你是怎麼知道的，這一直是最高機密，但我建議你不要再跟別人說了，好嗎？這個月你已經被扣了 29 分，還留校察看好幾次，如果我記得沒錯，你再被扣一分就不能參加舞會了，對吧？」

我點點頭，查理在我旁邊驚呼了一聲。

「好，那就低調一點別惹麻煩，可以嗎？」

他沒等我回答，就轉身離去。

霍華先生說得對，爸媽已經收到學校的信，如果我再不乖一點，就會被扣第 30 分，也就不能參加明晚的舞會了。

「你還是小心一點吧，麥斯，你不會想錯過阿傑和巴斯，

還有上電視的機會。」查理輕聲說。

我哼了一聲。

「不會的，不管怎樣，他們都無法阻止我參加舞會，我為學校做了這麼多事。」

七年級的時候我贏了一場比賽，所以學校欠我一次。我把手環抱在胸前，查理則扮了個鬼臉。

他似乎不太同意。

CHAPTER 5

糟糕的體育課

　　鐘聲響起，我跟查理起身去上第一堂課——體育課。這是我最喜歡的課，但也是查理最不喜歡的課。這學期我因為闖禍，錯過了好多堂體育課，但是過去幾週，他們又讓我回來上課了。體育老師艾倫太太最近在教我們打網球，我們帶著網球拍，在多功能球場上圍著她。我把球拍頂在地板上旋轉，但是她對我露出嚴厲的表情，我便停了下來。

　　「8A班，還記得上星期學到的嗎？正確的握拍方式就像在握手。」艾倫太太說，「現在兩個人一組，幫你的夥伴拿著球拍，讓他們練習正確的握拍方式。」

　　我看見查理朝我走來，體育課時我們總是在同一組，因為沒有人想跟我們一起。我太會作怪，而查理什麼都不會，連球都接不到。他對我笑了一下，並遞出球拍讓我練習握拍，我實在受不了做什麼都得跟他在一起，他根本就是個呆頭鵝，所以我一把搶走他手上的球拍。

　　「噢，不用這麼粗暴吧，麥斯。」查理揉揉手說，「換你

遞給我。」

我呼一口氣，把球拍指向他，但每次都在他伸手之前就移開。他的反應超級慢，根本不可能抓住。

「噢……拜託，麥斯。」查理笑著說。我不斷移動球拍不讓他拿到，他皺起眉頭，試著猜我會把球拍移到哪個方向，但他每次都猜錯。

「你在做科學運算嗎，查理？」我說，一邊把球拍左晃右晃，「拜託，你那顆大頭裡一定有什麼算式可用吧。」

查理不再笑了，臉上開始出現汗珠。他用鼻子大聲呼氣，眼神鎖定在球拍的握把上。

「夠了，麥斯。」艾倫太太從球場另一邊大喊。我暫停了一下，但她一轉身我又開始鬧。

「加油，查理，你可以的！」一個叫艾美的女生說。幾個人看見後也晃了過來。我繼續上下左右移動球拍，查理每次都沒有抓到。

「專心！」馬可說，「試著猜他要往哪邊移。」

查理停下來看著他。馬可在教他？我也覺得難以置信。

「繼續啊！」馬可說，一邊咬著大拇指側面。

查理伸手抓球拍，我又再次快速移開。

「啊，差點就抓到了！」塔碧莎尖聲說。

大家都在看我們，艾倫太太正把一籃網球推到球場另一頭，有人開始緩緩拍手，其他人也跟著拍起手來。

「查理！查理！查理！」

我看見艾倫太太轉身，手扠著腰開始走向這一邊。

「加油，你可以的！」

「抓住它，查理！」

「別讓他打倒你！」

真不敢相信，他們竟然全都支持他！

「怎麼回事？」艾倫太太大聲說，呼喊停了下來。

我轉過身去，球拍被查理使勁一拉，大家歡聲雷動，一邊拍手。

「可是……我停下來了！」我大喊，「他不是正大光明拿到的，他是在我停下來的時候抓到的！」

「認清吧，麥斯，你輸了。」馬可湊近我的臉說。

「是啊，他贏得光明磊落。」桑吉夫說。

有幾個人對我比出倒讚的手勢。

查理露出笑容，將球拍緊緊抱在懷裡，大家都拍拍他的背並為他鼓掌。

「那不算！」我再次大吼。

我走過去拿球拍，但球拍就像他的寶貝泰迪熊一樣被緊緊抱著。

「放開，查理，我們再來一次，三戰兩勝如何？」我說。

我不想丟臉，尤其是因為他而丟臉。

「夠了，」艾倫太太說，但我繼續搶球拍，「我說夠了！大家都回去、兩兩一組！」

查理的手緊緊抓著球拍，我試著一根根扳開他的手指。

「不要弄我！」他說。

「麥斯・貝克特！如果不馬上放開查理，你就會被狠狠扣掉最重要的一分！」

我望著艾倫太太，她眼球凸出、鼻孔噴氣，所有人都靜靜的看我接下來要怎麼做，查理則是在我背後頻頻吸氣。艾倫太太走向查理，一隻手抓住了他的肩膀。

「來吧，查理，我們幫你找其他同伴吧。」

真不敢相信，我連查理這個夥伴都沒了，大家都用厭惡的眼神看著我。查理改為跟凱莉一組，她搭著查理的肩，對他說了一些讓他發笑的悄悄話。我試著表現出無所謂的樣子，但是顯然沒有人要跟我一組了。他們又開始練習握拍，我大步朝那籃網球走去、用力一踢。籃子倒了下來，一顆顆黃色的網球像瀑布般湧出，在場上跳來跳去。

「麥斯・貝克特！把球撿起來！」艾倫太太尖聲大喊。

我大呼了一口氣，慢慢走向滾來滾去的球。我沒有夥伴可以練習，但是至少現在有事情可做了。

「好，」艾倫太太說，「現在每個人都拿一顆球，練習讓球在拍面上彈跳，像這樣……」艾倫太太示範，接著大家都擠過來撿地上的球。

我往查理的方向望去，他連把球放在球拍上都做不好，更別提拍球了。如果他跟我一組，我大概會很受不了，大吼要他好好做。現在他被同學包圍，突然成了大家眼裡的優秀人物，看起來很開心的樣子。

「快點，麥斯，那些球可不會自己回到籃子裡。」艾倫太太在我盯著同學時大聲說。

查理的球又掉了，一邊笑一邊笨拙的跑去撿。

我別過頭去，有顆球朝我滾了過來，我彎下腰……砰！我的頭撞上了一個軟軟的東西，抬頭後我看見查理的臉……或者說，看見查理用手摀著臉。

「噢！！！」他大呼，「我的鼻子！我的鼻子！」

我抓住他的肩膀。

「對不起！我沒看到你，我只是要撿球！」我說。

查理的眼睛從手指上方露出，一道鮮血沿著他的手臂往下流。

「老師！老師！」凱莉大喊，「麥斯給了查理一記頭槌！」

艾倫太太急忙跑過來。

「我沒有！我不是故意的！」我大喊，「我們只是剛好一起撿球！」

我回頭望著查理，他繼續摀著臉看我。

「查理！快跟他們說這是意外，說啊！」

他的手從臉上移開，整隻手臂都血淋淋的。接著，他的雙眼往上一翻，砰的一聲倒在地上。

CHAPTER 6

流鼻血

　　我覺得我說得沒錯，流鼻血會讓你看起來傷得非常嚴重，但是這樣說並沒有降低同學們的驚嚇程度。

　　艾倫太太要亞戴爾去辦公室找人幫忙，亞戴爾點點頭後便捲起袖子，像要去拯救世界的超級英雄一樣拔腿狂奔。查理躺在地上不省人事，鮮紅色的下巴就像有人用了一大碗多汁櫻桃來裝飾他的臉。艾倫太太把查理擺成復甦姿勢，但老實說我覺得有點太誇張了。這時候有人開始哭，馬可突然出聲：「他死了嗎？」

　　艾倫太太站了起來。

　　「別傻了，馬可，他沒死，只是昏過去而已。大家退後，讓他有點新鮮空氣……他不會有事的……」

　　桑吉夫開始乾嘔，凱莉搓了搓他的背。

　　「我沒有做錯事，真的。」我為自己辯護。

　　艾倫太太打算開口時，查理發出了呻吟，她彎腰扶著他坐了起來。

「沒事，查理，你只是撞到鼻子，昏過去一、兩分鐘而已，不會有事的。」

查理坐起來眨眨眼，他的鼻血已經慢慢止住了，許多紅色屑屑留在鼻孔周圍。

校長洛伊德太太怒氣沖沖的穿過運動場，亞戴爾又跑又跳的跟在她身後。當她抵達時，大家都很安靜，連桑吉夫都不再乾嘔了。她環視著同學，然後指著我說：

「馬上到我辦公室，麥斯・貝克特。」

* * *

我坐在洛伊德太太辦公室的門外面，爸媽在裡面跟她說話。通常，我惹麻煩的時候他們都會在放學後過來，所以大白天被找過來就代表出大事了。不過，只要可以解釋這其實不是我的錯，就不會有問題了。

我可以從坐著的地方看見會客室裡的狀況，查理的鼻子上有一塊很大的藍色布巾，他把布巾移開來仔細檢查鼻子，他沒有再流血了，我覺得他沒必要這樣小題大作。

「查理！喂！查理！」我對他大喊，「跟他們說這是意外！」

查理看了過來，露出困惑的表情。會客室的職員要我安靜一點，接著查理媽媽從玻璃門衝了進來，朝兒子直直奔過去。她抓住他的肩膀，把他轉來轉去檢查他的臉，然後發出嘖嘖聲，並且用手撥順他的頭髮。

「嘿，查理！查理！至少你今天都不用再上課了對吧？」我大喊，雙手都對他比讚。

查理媽媽怒瞪著我，一邊摟著查理站起來。

「麥斯・貝克特，你不准再靠近我兒子。」

我張開嘴，但什麼也說不出來。

「離他遠一點，聽到了沒有？」她說。

我目瞪口呆。

「可……可是我們是朋友啊，不是嗎，查理？不能跟我當朋友的話，他要跟誰一起玩呢？」

查理看看我，再看看媽媽。他想說些什麼，但媽媽拉拉扯扯的幫他穿上外套，彷彿他是個 5 歲小孩。

「跟她說啊，查理！跟她說我們還是朋友！」我大喊。查理媽媽幫他拉上外套拉鍊，他轉過來對我搖頭。

「抱歉，麥斯。」查理說。

我不敢相信。

「好！」我大吼一聲，**「反正我一點也不喜歡你！你只是個呆頭呆腦的……白痴！」**

我一屁股坐回椅子上，洛伊德太太辦公室的門打開了。

「究竟是怎麼回事？」她生氣的問。

我的腳在地毯上摩擦。

「你的麻煩是不是還不夠多，麥斯？進來吧，把這件事做個了結。」她說。我以最慢最慢的速度起身，跟著她走進辦公室。

她的桌子前面有三張椅子，爸媽坐在左右兩邊，所以我坐中間。

洛伊德太太捲起針織衫的袖子、手肘撐在桌上，這是她表示「這件事很嚴重」的姿勢，我已經見過好幾次了。

「麥斯，我想你很清楚自己為什麼會來這裡，我已經跟你爸媽好好聊過了，我們都認為你應該要為此接受處罰。」

留校察看，太好了。我在位子上盡可能的往下滑，洛伊德太太繼續說。

「……所以，我很失望，也很難過，但我必須告訴你，明天晚上的建校百年舞會不歡迎你。」

「什麼？」我大叫並坐了起來，簡直不敢相信！我感覺喉嚨裡有一團東西，並將它用力吞下，「可……可是阿傑和巴斯會來耶！我們會上電視！」

她揮手要我安靜。

「這讓我想起另一件事。我從霍華先生那裡得知，今天早上你在班上自以為是的告訴大家明晚有神祕嘉賓的消息，你為什麼要這麼做，麥斯？為什麼要破壞大家的驚喜呢？」

我張開嘴巴，但不知道該說什麼。

「我……我只是以為……我……我……」我結結巴巴的說，「但不管怎樣，查理的事完全是意外，真的！」

我望向爸媽，但他們都低頭盯著醜醜的米色地毯。洛伊德太太繼續說：

「在場的很多人都說，你用網球拍捉弄查理之後故意給了

他一記頭槌，這跟你的說法恐怕兜不起來，加上你這麼愛惹麻煩，我認為誰對誰錯已經很明顯了，不是嗎？」

我有點跟不上她所說的話，但是我大概知道她的意思。我惹了一堆麻煩，而且不能去舞會看阿傑和巴斯了，他們不歡迎我。老師不希望我參加、同學不希望我參加、同學的爸媽也不希望我參加，大家都討厭我。

我的心跳得劇烈，我快沒機會了，我得做點什麼讓她改變心意。

「可是……可是……那我之前贏的比賽呢？要不是因為我……我畫的畫……學校的工程怎麼有辦法完成呢？那些都是因為我！」

洛伊德太太嘆氣，雙手放在桌上。

「麥斯，你贏得比賽我們永遠都感激，但那是一年前的事了。坦白說，那次之後你就愈來愈會惹麻煩，我不能因為你曾經贏過比賽就通融你這件事，抱歉，你不能參加建校百年舞會。」

我咬著下脣、握緊拳頭。真不敢相信！

「接下來，你爸媽會帶你回家。」她說，一邊移動桌上的幾張紙，「麥斯，我希望這個週末你能認真想一想在翠芳中學的未來，好嗎？想想你現在的為人，還有你會不會想跟這樣的人做朋友。」

我不確定她說這些話是什麼意思，所以我低頭看自己的腳，大拇趾用力頂住鞋子，弄出一小塊凸起。我盯著這塊隆

起，直到她發現我不再開口。

　　爸清了清喉嚨：

　　「別擔心，洛伊德太太，我們回家後會好好聊這件事，麥斯也會反省他今天所做的事。對吧，麥斯？」

　　媽也附和：

　　「我們很感謝妳沒有罰他留校察看，對吧，麥斯？」她說，但我不想理他們。

　　接著他們站起來握手，我們便離開了。

CHAPTER 7

老雷

回到家，我直接走進廚房，怪獸看見我後便從小窩裡爬了出來，牠搖著尾巴、舌頭伸出來掛在一邊。我從塑膠桶裡拿出一塊骨頭形狀的餅乾給牠，再走回玄關。爸媽在客廳裡，門關上了，所以我站在門外聽。

「他很不開心，艾迪，你看不出來嗎？」

「我當然看得出來，亞曼達，但妳到底想要我怎麼做？」

「也許可以試著跟他聊聊啊，他需要爸爸。」

「他需要我們兩個！如果妳沒有一直批評我，也許──」

「我？批評你？天哪，真是荒謬……」

我無法待在家裡聽他們又開始吵架。

「我去找老雷！」我大聲說，在他們回話之前就把門甩上。

* * *

老雷住在班克斯太太隔壁的小平房裡，最近我愈來愈常去

找他，他家沒有大聲說話的聲音，當然也沒有人會吵架，因為那裡只有老雷跟他的餅乾罐，還有喝不完的茶。

我經過班克斯太太的院子時，她就站在無頭紅鶴旁的草皮上。我低著頭、把手插在口袋裡。

「是不是你做的？」班克斯太太在我經過時大聲說，「你會有這些毛病就是家裡都沒在管你，想怎樣就怎樣，你要懂什麼是分寸，分寸！聽到了嗎？」

我趕緊踏上老雷家門前的走道，我通常都會吼回去，但我這次不想、今天不想。我繞到平房側面的廚房門口，敲門後就走了進去，這扇門通常不會上鎖。

老雷背對著我，站在水槽前洗東西。

「哈囉，老雷，要來杯茶嗎？」我說，並且從櫥櫃拿出兩個馬克杯。

老雷轉過身來張大眼睛，手上的肥皂水滴落到地上。

「噢，抱歉，我認識你嗎？」他露出困惑的表情說。

我嘆了一口氣。

「認識，老雷，我是麥斯，麥斯·貝克特，記得嗎？我幾乎每天都會來看你。」

他用茶巾擦手，一邊皺起眉頭。

「麥斯啊……麥斯……嗯……」他喃喃自語。

我打開熱水壺煮水，在兩個馬克杯裡各放一個茶包，再打開冰箱拿牛奶。牛奶所剩不多了。

「快沒了，老雷。」我搖搖牛奶盒說，「需要我幫你買

嗎？」

老雷拿走我手中的牛奶。

「不用啦，」他露出尷尬的笑容，「我們又不認識！」

熱水壺的加熱鍵喀嚓一聲跳起來，我把水倒進馬克杯。

「來吧，我來告訴你我是誰。」我說，並把熱水壺放回去。我扶著老雷的手肘帶他到客廳壁爐前，讓他站在我旁邊，壁爐台上放著我幫老雷畫的畫像。這張畫在全國繪畫比賽得了第一名，還裱了框和玻璃，我把它拿起來。

「你看這幅畫，是我畫的，記得嗎？我為學校贏了大獎。」

我把畫拿給他看。

「你看，上面寫『老雷／麥斯·貝克特繪』，這就是我，我是麥斯。」

我希望有天他能一眼就認出我，但那天還沒到來。

「麥斯……對，我知道，我知道……我知道你是誰了，我當然知道。」老雷說，但他的表情告訴我他並不知道。老雷坐在扶手椅上，「去拿餅乾罐吧，麥斯，那裡有一包新的果醬奶油餅乾。」

我走回廚房把茶泡完，再拿出櫥櫃裡的餅乾罐，把所有東西都放到托盤上、帶到客廳，最後放在沙發前的小桌子上。我把茶遞給老雷，也喝了一口我的茶。我看著整齊的房子，角落的深棕色櫃子有大大的玻璃門，裡面的層架擺滿了老舊的東西。老雷曾說那個櫃子裡的東西是無價之寶，但如果你問我，

我會說看起來像一堆垃圾。

我打開餅乾罐的蓋子後遞給了老雷，他拿了三片餅乾並往後靠，把其中兩片放在胸口，另一片浸到茶裡。

「那你一切都好嗎，麥斯？」他說。這是老雷想弄清楚我是誰的方式。

「不太好，其實。我今天過得很糟。」我說，「我又惹麻煩了，我先是告訴大家明天的舞會有電視節目要來錄影，然後在體育課搗亂，還撞到怪咖查理的鼻子。他的鼻血流得到處都是，還昏了過去，學校覺得我是故意的，但我不是，我真的不是，這完全是意外。」

老雷邊聽邊點頭。

「這樣啊……這樣啊……他鼻子很大吧？」

「你說什麼？」

老雷拿起胸前的一片餅乾浸到茶裡。

「這個叫查理的啊。」

「呃，不會，沒有特別大。總之……那不是重點，重點是我明天不能去建校百年舞會了。阿傑和巴斯的外景節目會來呢！他們要在學校錄影！現在……現在我絕對會錯過了。」

我咬著脣，感覺眼眶滿滿的。

老雷點了點頭，一邊吃完餅乾。我看著他用指尖捏起套頭毛衣上的餅乾屑，等著他說點什麼。他沉默了很久，接著說：「我有給你看過我收集的美人魚鱗片嗎？」

我嘆了一口氣，真不知道為什麼要期待從老雷口中聽到什

麼有智慧的話，他太活在自己的世界裡了。我對他露出勉強的微笑。

「美人魚的鱗片？沒有，你沒讓我看過。」

他放下馬克杯後把自己撐了起來。

「啊，那過來吧，我拿給你看。」他說，接著露出笑容走向玻璃櫃，我放下馬克杯跟了過去。他打開櫃子門，一陣灰塵和難聞的味道撲鼻而來，好像有東西在裡面爛掉了；有隻看起來像是舊皮鞋的東西被擱在玻璃邊，我懷疑這股噁心的惡臭就它散發出來的。他把一顆老舊的地球儀移到旁邊，拿出一個塑膠桶，打開蓋子後遞給我。

「就是這個，」他輕聲說，「美人魚的鱗片……」

我往裡面看，桶子裡有一大堆淚滴形狀的東西，我拿出一個對著光看，它滑順又閃亮，摸起來像塑膠，我知道這是什麼。

「老雷，這些是吉他彈片，是彈吉他用的，用來撥弦，這不是美人魚的鱗片。」

「吉他彈片？但我爺爺沒有彈過吉他，為什麼要收集這個呢？我看看……」他皺著臉仔細找，「這裡應該有一些鱗片才對，在哪裡呢？」他開始搖晃塑膠桶，幾片彈片掉到了地上。

「沒關係，老雷，」我說，撿起彈片放回去，「我們改天再來找美人魚鱗片吧？」

老雷盯著塑膠桶，一臉困惑。

「嘿，這是什麼？」我拿起那隻扁扁的皮鞋說，「看起來

好酷啊。」

老雷馬上蓋上裝彈片的盒子。

「啊！你找到乾人頭了！太好了，太好了。」

「人頭？」我說，鞋子掉到了地上。

「小心點！麥斯，這很珍貴的！」老雷彎腰撿起鞋子，用讚嘆的眼神對著它左看右看。

「這是怎麼來的？」我在褲子上擦擦手說。

「這是我爺爺在亞馬遜叢林裡拿他最好的靴子交換來的，他闖進叢林深處的一個部落，為了活命只好跟他們討價還價，最後就帶著這個東西離開了。我爺爺很會討人歡心。」

老雷看著乾人頭，自顧自的笑了起來。我怎麼看都覺得這是晒乾的老皮鞋，希望這個故事是他記錯了，這只是他爺爺的皺靴子。他把東西放回櫃子，接著拿起一塊跟他手心差不多大的橢圓形木頭，看起來就像一顆木製的蛋，表面有精美的雕刻。老雷把它拿到面前。

「這又是什麼？」我問。

老雷歪著頭。

「盒子，」他說，「音樂盒。」

我看著這個奇怪的木頭蛋，「盒子？看起來不像，要怎麼打開呢？」

老雷沒有說話。

「可以讓我看看嗎？」我說。他頓了一下後交給我，這個東西沉甸甸的，我得用兩隻手來拿。我小心翼翼的轉動它，仔

細看刻在上面的細小螺旋線條。

「打不開。」我端詳著說。我搖搖它，聽見了喀啦聲，「裡面有什麼？」

老雷對著蛋皺起眉頭，然後摸摸眉毛。

「我不……我不記得了。」他哀傷的說，彷彿答案被深深鎖在他的大腦裡，而他的鑰匙不見了。

「別管這個了，老雷。」我說，我把木蛋放回架上，它不是很穩，所以我橫放著，讓它靠著一頂毛呢帽。

我伸手拿被擠到角落的地球儀，上面的地圖都褪色了，幾乎看不見國家的邊界，地球儀上還有一些四散的小洞。

「這些小洞是做什麼的？」我問。老雷張開嘴巴但表情茫然。

「我……我不知道……」他說。他看起來很不好意思，所以我趕緊把地球儀放回去、關上櫃子的門。

「我知道了！再吃點餅乾怎麼樣？」我一說完，老雷的臉就亮了起來。

「真是個好主意！就這麼辦。」他說，接著走向扶手椅，坐下後拿了一片果醬奶油餅乾。

「你不能參加學校的舞會真是太糟了，」他說，「你一定期待很久了。」

他還是有在聽我說話。我覺得胃就像打了一個結，他說得對，太糟了，一點都不公平。

「真不敢相信他們不讓我去，我為他們做了這麼多。」我

說，一邊用指甲掐著手心。

「沒辦法了，」老雷拍掉下巴上的餅乾屑說，「如果學校說你不能去，那就沒轍了吧，規定就是規定。」

我望向老雷，他皺起眉頭，接著我露出了大大的微笑。

「但我可不是會遵守『規定』的人，老雷。」我說，挑起的眉毛扭動了一下。我又拿了一片餅乾並坐回沙發上，思考著我的計畫，心臟跳得好快。

「不管他們高不高興，麥斯‧貝克特都會參加舞會。」我說。

百年舞會

　　貝絲花了五個小時打扮。五個小時！我每次去浴室時她都在裡面，蒸氣從門底下逸散出來，就像她在裡面做實驗，調配什麼奇怪的東西。我從來不知道她會花這麼久的時間打扮。她裹著浴巾走出來後就鑽進房間待了好久好久，媽還得敲門確認她沒事。貝絲讓媽進去後把門關上，但是她們的聲音還是穿透了牆壁。貝絲說她的禮服不適合，她覺得會被大家笑。

　　跟學校很多女生都不一樣，貝絲從來沒有這麼在意過她的衣服。我曾經看過克勞蒂亞在操場上炫耀她的洋裝好幾個星期，她給大家看手機裡的照片，其他女生又驚又叫，一直說她有多美。上星期六貝絲和媽一起去逛街，她們去了一整天，回家時貝絲拿著一個銀色大紙袋跑上樓、藏在房間裡，我跟爸都沒看過她的禮服。但不管她挑了什麼，她現在肯定改變了主意。

　　我待在房間聽隔壁的狀況，最後貝絲的房門終於打開，媽帶著笑臉走出來。

「啊，麥斯，來看你姊姊有多漂亮，很美吧？」她壓著門板，貝絲穿著淺黃色的禮服出現，頭髮燙捲、盤在頭頂上，臉畫得有點橘。她駝著背，好像要把自己縮起來的樣子。

「天哪，貝絲，」我說，「妳看起來……看起來有點……」貝絲瞇起眼睛看著我。

「看起來很漂亮，你要說的是這個吧，麥斯？」媽狠狠瞪了我一眼。

「嗯……其實我要說……」

「好了！」媽打斷我，「下去給妳爸看，走吧。」

媽伸手摟著貝絲的肩，但被她撥開了。她瞪著我，我也瞪著她，接著她轉向媽。

「我要換衣服。」她說。她跑回房間甩上門，媽生氣的看著我。

「你為什麼要這樣？」她說。

我不敢相信。

「什麼？我什麼都沒做啊！」我說。

媽揉著臉。

「我好不容易才讓她覺得自己很好看，為什麼你總要把事情搞砸，麥斯？為什麼？」

我看見她眼裡冒出淚水。

「可……可是我沒有說什麼啊！」我說，媽接著轉身下樓。幾分鐘後貝絲走出房門，穿著窄管黑色牛仔褲和她最喜歡的灰色上衣，上面寫著「歷史未亡」，腳上穿的則是髒髒的運

動鞋。她把大部分的妝都擦掉了，頭髮在側邊綁成辮子，又回到我姊的樣子。我對她微笑，但她不理我就走下樓，我跟了上去。

「貝絲，妳下來了！」爸緊張的說，接著看了看她的穿著，「噢，妳不是要去舞會嗎？」

「是啊，我要去。」貝絲冷淡的說。

爸點點頭。

「這樣啊……好……太好了！妳看起來……很不一樣，」爸說，「走暗黑路線。」

貝絲沒理他，她駝著背、面朝窗戶站著，等她的朋友麥蒂。麥蒂的叔叔有一輛出租用的婚禮禮車，他會開這台車載她們去學校，雖然學校離這裡只有幾個路口。

我們在沉默中等待。我想說點什麼，但爸媽對我目露凶光，所以我沒有出聲。七點鐘，一輛長長的銀色禮車停在外面，我們跟著貝絲走到門口。麥蒂的叔叔下車打開後門，麥蒂一身金色，在一陣沙沙聲中走下車來，看見貝絲時大吃一驚。

「妳穿……牛仔褲？」她說。

貝絲點點頭。

「是啊，穿禮服不像我的風格。」她說，接著對麥蒂轉圈圈後屈膝行禮，兩個人都笑了出來。

「麥蒂，妳真好看。」爸大聲說，「很閃亮！」媽在一旁用手肘頂他。

麥蒂低頭看著自己的金色禮服，咬牙微笑。我想她可能有

點嫉妒，因為自己沒有勇氣穿牛仔褲。貝絲坐進車裡，麥蒂也跟著上車，兩個人笑呵呵的在皮椅上滾，發出吱吱嘎嘎的聲音。麥蒂的叔叔關上車門，我們揮手說再見後便走進家門。這時，爸的手搭上了我的肩膀。

「麥斯，我必須說，你做得很好。全校只有你不能去舞會一定很不好受，而且……嗯……你很成熟的面對這件事。」

媽嘆氣。

「麥斯不會希望有人提醒他錯過了什麼，艾迪。」

爸轉過去看她。

「又怎麼了？我只是在說我有多以他為榮，我不能跟自己的兒子說這些嗎？」

媽把手環抱在胸前。

「用『提醒他是唯一不能去的人』這種方式嗎？還真棒啊……他聽了一定很高興，對吧，麥斯？」

他們都看了過來，等我選邊站，當他們發現我並不想這麼做時，爸又繼續了。

「妳還怪他害貝絲換掉禮服，這不對啊，完全不對。」

「我沒有怪他！」媽尖聲說。我覺得這會變成火力全開的吵架比賽，所以我跑到廚房。

「看看你做了什麼好事！」媽尖叫著。

「『我』做了什麼好事？天哪，亞曼達，有時候妳真的誇張得可以，換個口味吧，看看『妳』做了什麼好事如何？」爸吼回去。

怪獸在小窩裡打呼，我坐在旁邊摸摸牠的耳朵，牠動了一下並抬頭看我，然後呼出一口又深又長的氣，接著閉上眼睛、舔舔嘴巴。我一邊摸牠，一邊試著不去聽玄關傳來的爭吵聲。

「為什麼你不離開？如果你這麼討厭這裡，為什麼不打包走人？」

我屏住呼吸，爸小聲的回她，但我聽不清楚是什麼。現在他們的音量變小了，這更糟，大吼大叫至少我還能知道他們在吵什麼。我在怪獸頭上親了一下，然後起身穿過玄關走到外面，用力甩上家門。

☆　☆　☆

阿傑和巴斯預計晚上七點四十五分開始錄影，到時候大家都會到禮堂，忙著往攝影機前面擠，所以不會有人注意到我從後面溜進去。

我經過班克斯太太的院子，那隻無頭紅鶴依然在那裡望著池塘，不過沒有頭大概也沒辦法看了。老雷的窗簾沒拉上，所以我看見電視閃爍的光，我一度想要走進去跟他一起看野生動物紀錄片，那是他最喜歡看的。爸媽應該會以為我跑去老雷家，跟老雷一起看電視簡直就是最合理的情況了。但我有做過合理的事嗎？學校禮堂有這麼酷的事情，我為什麼要看電視？阿傑和巴斯現在就在那裡，錯過就太可惜了！而且，我不會讓自己被逮到的。

我到學校時大家都很忙，我很容易就躲過目光。有一輛很

大的錄影車停在學校前面，我就站在它後面，看工作人員戴著耳機、手拿書寫板走來走去。三個九年級的女生和四個男生從一輛白色加長型轎車走出來，女生穿著閃亮的長裙，腳不斷勾到裙襬；男生的衣服看起來就像跟爸爸借的西裝。一位肩上扛著攝影機的小姐開始拍他們，那幾個女生笑成一團，男生則開始推來推去，所以那位小姐嘆了一口氣就去拍別人了。

霍華先生和荷絲莉小姐在門前歡迎大家，霍華先生戴著紅色領結，只要有人拿票給他，他的領結就會莫名的轉動一下，那樣一點也不有趣還很丟臉，但大家都心情很好、笑得很開心。荷絲莉小姐笑得最開心，霍華先生一直對著她笑，我賭他們沒多久就會訂婚。

我當然不能從入口進去，不然會被看見，所以我打算繞到後面，從體育課專用的更衣室進去。更衣室有扇門通往球場，長長的走廊上還有另一扇門，打開後就是禮堂的一角，我可以趁大家不注意時從那裡溜進去。

我等啊等，直到大家都進去，只剩幾個電視台工作人員在錄影車附近。禮堂裡的聚光燈轉來轉去，一想到阿傑和巴斯可能就在後台化妝，我就緊張得不得了。這一定會很棒！我把手插進口袋，低頭穿過遊戲區。就在我快要抵達時……

「嘿！你要去哪裡？」

我往後看，製作團隊的工作人員正看著我。

我對他揮揮手，試著跟他說沒事，我本來就可以到這裡。

「誰去看看那小子要做什麼吧？」我聽見他說，但有個手

拿板夾的小姐找他，轉移了他的注意力。

我走到禮堂側面時，聽見校長洛伊德太太用麥克風講話的聲音。

「感謝大家來到這裡……我只想說幾句話，然後阿傑和巴斯就可以上台……錄節目了……」

禮堂傳來巨大的尖叫聲，洛伊德太太花了很長的時間才讓大家安靜下來。我跑到禮堂後方，他們應該會讓阿傑和巴斯待在舞台後面準備，離他們這麼近真是太瘋狂了！他們現在可是全國最有名的電視節目主持人呢！我抵達更衣室，但是男更衣室的門被鎖住了，女生的也是，接著我看到了配電室。學生和老師都禁止入內，只有工友法洛先生有鑰匙。門上有一小塊方形標示，畫了一個觸電的人，下方寫著「觸電危險」。

我通常不會去注意這扇門，但是它今天晚上有點不一樣，鑰匙還插在門上。法洛先生一定是忙著準備東西，不小心把鑰匙留在這裡。我迅速張望一下，打開門後把鑰匙放進口袋。

這扇門非常重，大概是為了防火，關上後整間房間都陷入黑暗之中。我在牆上摸索，找到電燈開關，頭上的燈泡亮了起來。我到處看看，一面牆上有很多電箱和帶黑色把手的金屬櫃，有一區堆放了梯子、掃把、拖把和水桶，再過去還有一扇門，通往禮堂旁邊的走廊。我知道這扇門外也有一個「觸電危險」的標示，因為我上課時經過那裡無數次了。我轉動門把，是鎖著的，但我用剛才那把鑰匙打開了。走廊上空無一人，禮堂開始倒數，阿傑和巴斯再二十秒就要上台了，我的肚子發出

一陣聲音。我很快的溜出來、把門關上。

「麥斯！你在這裡做什麼？」

我僵住了，我知道這是誰的聲音。

「爸媽會氣瘋的！」

我轉身看見我姊站在走廊盡頭的陰暗角落，她穿著黑色牛仔褲和灰色上衣，幾乎看不見，她看起來非常非常生氣。

「你麻煩大了，麥斯，等著被他們知道吧。」她朝我走過來說。

我聳聳肩。

「無所謂，不管怎樣我都不會錯過阿傑和巴斯的。」我說，「妳還好嗎，貝絲？」

她一副剛哭過的樣子，我姊從來不哭的，就算家裡烏煙瘴氣也一樣。她臉一沉，馬上抹抹臉頰。禮堂的倒數就要結束了。

「三、二、一！」

接著就是一陣驚天動地的歡呼，阿傑和巴斯走上台了，他們的招牌音樂響起！大家都陷入瘋狂，我很想去看裡面的狀況，但我不能就這樣丟下我姊。

「發生什麼事？」我說。

她用力吸了吸鼻子。

「克勞蒂亞說……她說有一個工作人員跟攝影師說不要拍到我，因為我看起來太奇怪了。」

我吞了吞口水，這句話真糟糕。

「然後你相信她？」我說，「真的假的？拜託，那怎麼可能是真的，克勞蒂亞的存在根本就是浪費空氣，跟她一起混的那群蠢蛋也是。」

貝絲露出微笑，又擦了擦眼睛。

「是嗎？」她說。

我馬上點頭，試著不要顯得太煩躁，禮堂的聲音震耳欲聾。

「我很在意他們的想法，你知道嗎？」她說，「不知道為什麼，但我就是在意。大家都會去注意克勞蒂亞說的話，現在大家都在笑我，連麥蒂也是！她在車裡的時候還好，但我們到了之後她就不見了，好像跟我在一起很丟臉一樣。」

我搖頭大笑。

「麥蒂？她看起來就像跟糖果紙打了一架！」

我姊笑了一下，抹抹鼻子。

「你知道嗎？有時候……有時候我會想，如果自己能跟她們一樣的話，事情應該會簡單得多吧？」貝絲說，「或許我可以試著跟她們當朋友、成為她們的一分子，她們就會放過我了。」

我哼了一聲。

「拜託，貝絲，」我說，「妳忘記園遊會的事了嗎？」

我姊被克勞蒂亞欺負好幾年了，但去年夏天實在很慘。貝絲在學校園遊會上抽到了大獎，獲得一大籃化妝品和味道很重的沐浴用品，克勞蒂亞就突然在她身邊轉來轉去，表現得很友

善的樣子。克勞蒂亞說可以讓貝絲加入她的朋友圈，但貝絲一眼就看穿她了的伎倆。貝絲送了一些獎品給麥蒂和媽，後來克勞蒂亞就在學校讓她過著地獄般的生活。曾經有整整三個星期都沒有人跟貝絲說話，彷彿她是隱形人。後來爸媽介入，找學校談這件事之後情況好轉了一點。不管平常我有多討厭貝絲，我都不想再見到她那麼悲慘的樣子。

我聽到阿傑和巴斯對觀眾投射 T 恤的聲音，他們在節目上都會這麼做，用一個像大砲的東西朝空中發射 T 恤，雖然衣服上面印的是他們的臉，一點都不好看，但大家還是搶成一團。

我開始不安的扭動身子，我真的好想進去禮堂拿一件 T 恤。

「你剛才想說什麼？我穿禮服的時候，你說我看起來有點……然後就被媽打斷了。」

禮堂的聲音實在太大了，現在我得大喊才行。

「我是要說，妳看起來有點不一樣，就這樣。妳看起來好不像我姊啊！」

她對我眨眨眼，用衛生紙沾沾鼻子。

「不管媽怎麼想，我才不是要批評妳，這才是妳啊。」我指著她的「歷史未亡」灰色 T 恤說，「妳跟克勞蒂亞和她的巫婆朋友不一樣，這是件好事，一點都不糟糕！」

她皺起鼻子，又露出一點笑容。

「她們不喜歡妳，因為妳是用功的書呆子，妳喜歡歷史，

還準時交作業，真的很讓人討厭……」

她開口想反駁。

「但是！但是……妳就是這樣的人，就像克勞蒂亞是邪惡的傢伙。」

貝絲露出笑容。

「我討厭那件禮服，」她說，「我只想這樣穿，但我妥協了，因為那樣可以讓媽高興，她已經不開心好一陣子了吧？」

我點點頭。

「爸也是。」我說。我往下看，用腳摩擦木地板。

「你真的不該來這裡的，要是被人看見，你會惹上一堆麻煩。」貝絲說。

「我知道，但我只想從後面溜進去，看一下下就回家，我不會做什麼壞事。」

她點點頭。

「好吧，那在你錯過之前快進去吧。」我對她露出笑容，她也笑了，我立刻離開。

我完全不曉得，下次見到我姊的時候，她會完全認不出我。

CHAPTER 9

學校的配電室

　　阿傑和巴斯簡直棒呆了，棒——呆——了！他們實在太好笑，每個人都笑得很開心，也對他們喝采。他們會在節目上玩遊戲，只要在遊戲中獲勝就能贏得大獎。一個七年級的男生就因為「音樂定格遊戲」第一名拿到了一台 Xbox 遊戲機，真是太瘋狂了！通常，我一定會擠到前面要他們選我玩遊戲，但現在我不能被攝影機拍到，以免被人發現，要是被看到我就倒大楣了。

　　阿傑拿麥克風大聲宣布接下來要玩的遊戲是「貼上驢尾巴」，接著他們拿出一張很大的驢子照片，但是驢子頭換成了阿傑的鬼臉，大家都開始大笑。

　　「各位，準備好贏得大獎了嗎？」阿傑大喊，接著每個人都對他大吼：「準備好了！」並把手高高舉起，我也不例外。

　　我看見怪咖查理在舞台側邊，他的臉上有個東西，一開始我以為是他的特殊裝扮，但那其實是他鼻子上的一大塊繃帶。他扭來扭去，彷彿褲子裡有隻黃蜂，雙手也高舉在空中。

「這下難了，阿傑，」巴斯望著一片高舉的手說，「該怎麼決定讓誰來比賽，贏得……」

　　鼓聲響起，阿傑和巴斯搭著彼此的肩，大喊：

　　「到佛羅里達度假去！」

　　阿傑和巴斯突然跳下舞台走進人群，大家都陷入了瘋狂。

　　「好，我要選出第一位參賽者。」巴斯說。每個人都對著他又叫又揮手，希望自己被選上。他轉過身去，怪咖查理就站在他面前。

　　「鼻子很不錯喔！」他說。我看見查理瞪大眼睛，然後像鴨子一樣嘟起嘴巴，這一定很不容易，畢竟臉上貼了繃帶。巴斯也用鬼臉回敬他，並拍拍他的肩。

　　「你就是第一位參賽者！」他說，大家爆出歡呼。查理像踩了彈跳器一樣跳上跳下，接著跑向舞台旁邊的階梯。

　　「阿傑，你那邊如何？」巴斯大喊。阿傑離我只有幾公尺遠，他旁邊的人推來推去，希望能被選上。

　　「我還是用別的方法來挑人吧！」阿傑對著麥克風喊，「用旋轉手指！」

　　他開始轉圈圈、愈轉愈快並且伸出手指，大家也興奮的一邊拍手，一邊跳上跳下。他每次在節目上都會這麼做，有時候轉得太快還會跌倒。幾圈之後，他慢了下來。

　　「我要選……你！」他停了下來，指著我說。我抬起頭，手臂還懸在半空中。

　　大家發出驚呼，我站在那裡，不可置信的張著嘴。

「來吧，別害羞，你想贏得假期吧？」阿傑說。他身後扛攝影機的小姐把鏡頭對準我，我要上電視了！我開口想說點什麼，但校長洛伊德太太突然從人群中擠了過來。

「不，不，不，停止拍攝！停止拍攝！」她說，「他不該出現在這裡的。」她手扠腰站在我面前，阿傑看看她再看看我，接著比出死定了的手勢，音樂便停了下來。

霍華先生來到阿傑旁邊，他的領結不再旋轉了。

「回家吧，麥斯！」他僵硬的暗示說，「別鬧事。」攝影師轉向他，繼續拍攝。禮堂安靜了下來，只有燈光嗡嗡作響的聲音。

我站在原地，把手抱在胸前。

「你不能強迫我。」我說。阿傑哼了一聲，我對他露出笑容，但他的表情很不高興。

洛伊德太太走了過來。

「麥斯・貝克特，請你立刻離開禮堂。」她低聲說。攝影機轉過來拍她，但她試著躲開。

「我哪裡都不去！」我發出怒吼。

一個拿板夾的小姐走過來找阿傑。

「我們需要幾分鐘處理這件事，可以嗎，阿傑？」拿著板夾的小姐說，阿傑翻了個白眼後嘆了一大口氣，巴斯也來到他旁邊。

「怎麼回事？我們還要不要拍啊？這傢伙是誰？」他用下巴指著我說，看我的眼神就像我是地上的灰塵。

大家都在看，我感覺眼睛一陣酸楚。我的視線越過人群，查理站在台上的驢子照片旁對我搖頭。

　　「麥斯，你這是在讓自己難堪，懂事一點，回家吧。」洛伊德太太嚴厲的說。霍華先生難過的看著我，他正要開口跟洛伊德太太說話，但阿傑從他旁邊擠了過來。

　　「老兄，」他說，「我不知道你做了什麼，但你好像破壞了我跟巴斯的節目。」

　　我看著他，真不敢相信，阿傑對我不爽！巴斯走到他旁邊。

　　「阿傑說得對，」巴斯說，「你該離開了吧？」

　　阿傑搭著巴斯的肩膀，我看著他們，他們也生氣的回瞪我。

　　「反正⋯⋯反正你們爛透了！」我大聲說。禮堂傳出一陣驚呼，我轉身擠過人群、離開禮堂。

　　「等等，麥斯！」霍華先生大呼，但我已經離開了，不可能留下來。

　　「好了，繼續狂歡吧！」巴斯拿麥克風高聲一喊，大家也一同呼喊。我回到走廊上，鑽進貼有「觸電危險」字樣的配電室，把門鎖上。有人在門的另一邊敲打。

　　「麥斯，你知道你不能進去這裡的！把門打開，我們聊聊吧？」是霍華先生。

　　我在這個小小的空間裡四處張望，眼眶充滿淚水。他再度開口。

「來吧，麥斯，我們可以找洛伊德太太談談，」他說，「看她能不能讓你留下來，如何？」

　　「走開！」我大聲說，即使她答應，我也不可能再回去禮堂的。

　　我經過那堆拖把和刷子，朝電箱走去。我很清楚自己要找什麼，而我一抬頭就看到了——那個紅色開關，下面寫著「總開關」。

　　我把金屬水桶倒放，站在上面伸手用大拇指和食指抓住開關。

　　「這一切都不對……」我輕聲說，接著喀嚓一聲，扳動了開關。禮堂的音樂隨即消失，我頭上的燈泡也不亮了。我從水桶上下來摸著牆壁前進，直到碰到通往外面的門。我出去後把門鎖上、鑰匙收進口袋，接著開始奔跑，我拚命跑，逃離這輩子最慘的一天。

CHAPTER 10

木蛋

　　全校陷入黑暗，學生都跑到了外面的遊戲區，有些人緊緊抓著彼此，用手機當手電筒；老師引導大家出來，試著讓他們冷靜下來。我站在禮堂後面的陰暗處靜靜觀看。

　　「阿傑和巴斯……他們會留下來把節目錄完嗎？」一個七年級的女生說，體育老師艾倫太太抓著她的肩膀。

　　「我們正在嘗試恢復電力，但如果不行……我也不知道會怎麼樣。」她說。

　　我在錄影車附近的樹旁邊，有個工作人員在車子後面對某個人大吼，說發電機沒修好。錄影車旁邊有一輛時髦的黑色轎車，阿傑和巴斯的人影在後座隱隱浮現。他們都戴著棒球帽、講著電話，車子慢慢駛離。

　　「你們看！是阿傑和巴斯！」一個男生大喊，「他們要走了！」

　　大家發出哀號，有幾個人開始哭。洛伊德太太從禮堂走出來，拍手要大家注意。

「大家聽著！」每個人都安靜了，「電力出了狀況，我得宣布……今晚的舞會取消了……」

哀號聲在遊戲區迴盪。

「為什麼？」一個七年級的男生說。

「沒電就沒辦法錄節目了吧？」一個十一年級的女生回他。哀號的聲音愈來愈大，洛伊德太太得大喊才能蓋過它。

「我們已經發簡訊通知家長，請他們盡快來接你們回家。」她的聲音微微顫抖。

怪咖查理走了出來，「為什麼會沒電啊，校長？沒辦法修好嗎？工作人員沒有發電機嗎？」

洛伊德太太搖搖頭。

「恐怕沒辦法，查理。配電室的總開關顯然被關掉了，他們的發電機也有問題。關掉電源的人刻意把門鎖上，我們也沒有備用鑰匙。法洛先生正在找鎖匠，但一定來不及。」

馬可走到洛伊德太太旁邊，手機的光照亮了他的臉。

「是麥斯做的對吧，校長？」他說，「他原本在禮堂裡，逃走之後就停電了，別跟我說這是巧合，一定是他！一切都被麥斯毀了！」

哀號聲停止，大家開始咕噥咒罵，而洛伊德太太試著讓他們冷靜下來。我吞了吞口水，喉嚨有一股卡卡的感覺。

「好了，各位！」霍華先生說，「夠了！我們還不清楚發生了什麼事，大家不該就這樣下定論，包含你在內，馬可。」

我很高興級任導師有幫我說話，雖然一點幫助也沒有。

「他應該被退學！」跟我同班的亞戴爾說，「尤其是他弄傷了查理的鼻子。」

「沒錯，反正沒人喜歡他，不會有人想念他的。」一個應該是九年級的女生說，我根本不知道她是誰，真不敢相信，每個人都討厭我。

「麥斯滾蛋！麥斯滾蛋！」有人開始喊，沒多久大家都跟著一起喊。這讓我想起爸以前看的一部黑白電影，故事發生在中世紀，有個陌生人搬到一個村莊，有一幫人很生氣的想把他趕走，有天他們便集結起來把他趕到村外，而我現在差點就要目睹同學舉起火把、在校園裡追捕我。

他們喊得愈來愈大聲，為了避免被看見，我在老師要他們冷靜時跑走了。

★　★　★

我不想回家，爸媽應該吵完了，但等他們知道學校發生的事又會開始吵架。不，我要去一個讓我安心的地方，老雷家。

我從他家的廚房門闖進去。

「老雷？是我，我可以……我可以在這裡待一下嗎？」

老雷走到客廳門口，神色慌張。

「什麼？你是誰？」他抓著門框說。

「我是麥斯啊，老雷，你知道我是誰！我幾乎每天都會見到你，請你相信我，我沒辦法……我現在沒辦法重新解釋……」

我想他應該看得出來我哭過，他盯著我一會兒，接著走進廚房。

「坐吧，麥斯，我來弄點喝的跟餅乾，如何？」

我鬆了一口氣。

「謝了，老雷，太好了。」我說。我走到客廳、頹坐在沙發上，我好累。我想起在學校製造的混亂，那裡一定有很多憤怒的家長想知道是誰害他們的小孩這麼生氣。

老雷用托盤端來餅乾和兩杯柳橙汁，走過來放在小桌子上，接著打開餅乾罐遞給我。

「我們來聊聊你吧，看能不能幫我喚起一些記憶。」

我拿出罐子裡的薑餅。

「我是麥斯‧貝克特，12 歲，還有……每個人都討厭我。」我說。

老雷喝了一口柳橙汁。

「這句話好沉重啊，年輕人，為什麼每個人都討厭你呢？」

我開始吃餅乾，沿著邊緣小口小口的咬。我的喉嚨還是卡卡的，我不喜歡這種感覺，但專注的咬每一口讓我平靜了下來。

「他們討厭我是因為……我就是我。」我說。

「他們不可能只因為是你就討厭你呀。」他說。他也開始用同樣的方式吃餅乾，從外圍把餅乾一圈一圈愈咬愈小。

「每個人都討厭我，因為……因為我是個魯蛇，總是惹麻

煩，我做的每一件事都是錯的，**每一件事**。」

我感覺得到老雷的視線，我繼續說。

「我最好的朋友討厭我……其實學校每一個人都討厭我……連老師也是。」

老雷把頭歪向一邊。

「那你的家人呢？他們一定不會討厭你。」

我轉頭看他，忍住淚水。

「我爸媽光是討厭對方就夠忙了……可是……他們不能好好相處也是因為我，都是我的錯，如果我不惹麻煩的話他們就不會這麼常吵架了，也許他們就不會討厭對方。」

老雷拿開正要咬下去的那塊餅乾。

「我不討厭你啊，麥斯，你幫我畫了一張很棒的畫像，不是嗎？」他指著壁爐台上那幅裱了框的畫，那是我幫學校比賽畫的，他總算記得了。我看著那幅畫，那是少數讓我感到驕傲的東西，不過今晚它看起來好像沒那麼好看了，鼻子看起來好像快掉下來，兩隻眼睛也沒在水平線上。

「那幅畫爛死了，你應該把它丟掉。」我說。

老雷嘆了一口氣。

「聽起來你今天過得特別糟啊，年輕人。我們都有這樣的時候，這輩子我可經歷多了。」

他淺灰色的眼睛望向牆壁一陣，又望向我。

「不過，你今天過得很糟不代表明天也會一樣，不代表後天或大後天也一樣。」

他繼續吃餅乾。

「但你不懂，」我說，「每個人都被我害慘了，要不是我，我最好的朋友怪咖查理的鼻子就不會受傷，電視節目不會取消……我爸媽也不會吵架……我就是個災難。我做了那些事，不會有人想要跟我說話的，沒有人。大家都很討厭我。」

我閉上眼睛、雙手抱著頭。屋子安靜了一陣子，然後老雷大嘆了一口氣。

「我有給你看過渡渡鳥的羽毛嗎？」

我用手抹抹臉、抬頭看他，老雷撥掉套頭毛衣上的餅乾屑。

「渡渡鳥的羽毛？」我問。

他露出微笑。

「是啊！你知道嗎？就是那個絕種的笨鳥，可以拿給我嗎？在櫃子裡。」

老雷的手伸進餅乾罐，拿出第三片餅乾。

「有一個上面寫『渡渡』的紙盒。」

我嘆了一口氣，我又得去翻那個詭異的櫃子了。我起身走向玻璃門往裡面看，那個乾人頭（或鞋子）依然靠在一邊，老雷口中的美人魚鱗片就在後面的塑膠桶裡。上面有小洞的老地球儀在架上維持著平衡，旁邊是黑色帽子和打不開的木製蛋形音樂盒。

我挪動了一些東西，試著從這堆垃圾裡找出渡渡鳥的羽毛。有一個小紙盒在後方，我伸出手，卻碰倒了地球儀，黑色

帽子、乾人頭、美人魚鱗片和木蛋都掉到了地上。

「你在做什麼，麥斯？小心點！」老雷坐在扶手椅上說。

「我就說吧，」我發出牢騷，「我什麼事都做不好。」

我看著地上大嘆一口氣，吉他彈片撒得到處都是。

「小心把東西放回去吧，麥斯。」老雷說。

我嘆完氣後跪在地上把塑膠彈片撿回桶子裡，感覺有好幾百片，所以我撿了很久。撿完後，我拿起地球儀蹲在地上。

「你知道嗎？有時候我會想，如果我消失的話大家都會好過一點。」我咕噥了一下，轉轉手上的地球儀，看著褪色的地圖。我嘆氣後站起來，把地球儀夾在布滿灰塵的舊傘和髒髒的花瓶之間。

我拿起黑帽子放回架上，再用指尖捏起乾人頭，確定老雷沒在看後迅速扔回去。那顆蛋滾到了沙發後面，我過去撿。

「我怎麼會什麼事都做不好呢？」我翻轉手裡的蛋說，它上面有個小小的木頭旋鈕，我把它往右轉了幾下，發出的答答聲就像舊手錶上發條的聲音。

「什麼東西，麥斯？」老雷坐在椅子上說。

「沒什麼，」我說，「我只是……只是在撿東西，照你說的那樣放回去。」

我把蛋放在手掌上，手指輕輕摸著上面的雕刻。

「我一點都不重要，對吧？」我小小聲的說，「我希望……我希望我從來沒有出生。」

我搖搖那顆蛋，裡面發出叮、叮、叮三聲，然後就安靜了

下來，這個聲音讓我想起貝絲小時候有個舊珠寶盒，打開蓋子就會冒出一個芭蕾女伶，隨著〈一閃一閃亮晶晶〉的旋律轉圈圈。

我看著這顆蛋、深吸一口氣，站起來把它放回架上帽子旁邊的位置，再關上櫃子，我突然想起應該要找渡渡鳥的盒子。

「老雷，我實在沒心情看渡渡鳥的羽毛，可以不看嗎？」我說，但我轉身發現老雷已經睡著了，他的頭往後仰、張著大嘴，呼吸時鼻子發出呼呼聲。

「噢，太好了。」我說。

我環顧這間屋子，又嘆了一口氣。沒有其他辦法了，洛伊德太太一定打電話給爸媽了，我只能回家招認在學校發生的事情。

我真的麻煩大了。

CHAPTER 11

重新出現的大門

回家路上，我盡量走在陰暗處，因為很快就會有一堆家長經過，去舞會接他們難過的孩子。我走過老雷家門前的走道，左顧右盼，但路上空無一人。

我轉彎經過班克斯太太家，雖然很暗，我還是看得出來那隻塑膠紅鶴望著池塘的輪廓。

我停下腳步。

有東西不一樣了。

那隻紅鶴有頭。

我經過這裡去參加舞會的時候，它是沒有頭的，絕對是一隻無頭的紅鶴。

我瞇起眼睛看班克斯太太的客廳，她的百葉窗有一絲縫隙，所以看得見她坐在沙發上的剪影。說不定她買了一隻新的紅鶴，在我去舞會的時候換掉了？我望著那隻塑膠紅鶴，它的黑色眼睛也望著我，我一度想再丟一塊磚頭過去，但我想起自己的麻煩已經夠多了。

我繼續走，時不時回頭看有沒有車子，但是路上一個人都沒有，這時候應該要有很多去接氣呼呼的小孩回家才對，大家都到哪裡去了？我感覺不太對勁，只想趕快回家，所以跑了起來。

回家後，我想做的第一件事，就是到廚房給怪獸一個大大的擁抱，這樣我比較能面對爸媽，怪獸總是能讓我感覺舒服一點。我給自己一個微笑，但到家時我臉色大變。

不對勁。

我家的走道入口有兩個石柱，中間有一扇黑色鐵柵門。

問題是……那扇門早就不在了。

以前是有一座柵門，但大概五年前就被我弄壞了，我喜歡吊在上面搖來搖去，它會發出好笑的吱嘎聲，雖然媽總是叫我不要那樣玩。後來它的鉸鏈變形、柵門也脫落了。可是現在，那扇柵門發出低沉的吱嘎聲，就跟以前一樣；事實上，它長得跟我們家以前那扇一模一樣。爸媽對修東西一竅不通，也不可能花錢請人修理，它到底是從哪裡來的？一陣風吹來，背後傳來沙沙聲，我轉過身，黑漆漆又空無一人的馬路上只有幾片散落的樹葉。

我望著我家，燈都沒亮，爸媽的車都不在車道上，但他們沒有說要出門。可能是去學校接貝絲了？還是在找我？但如果他們擔心我的下落，應該會直接去老雷家吧？他們知道我都會去那裡。

「怎麼回事？」我輕聲說。

我走到家門口敲了敲門，因為我沒帶鑰匙。

什麼聲音都沒有。

雖然我知道門鈴裡的電池幾個月前就沒電了，我還是按了下去。

「鈴——！」

急迫的鈴聲讓我跳了起來。

聲音在屋裡迴盪，我的心臟猛烈跳動。接著是一陣沉默。他們一定是換了電池又忘記提這件事，雖然這不是什麼大不了的事。我又按了一次門鈴，屋裡鈴聲大作，但還是沒有人來開門。

我在原地站了一下，思考該怎麼辦，接著想起我們在房子後面藏了一把鑰匙，以免有人進不了屋子。後門兩側有兩盆植物，媽把備用鑰匙藏在左邊的那盆底下，但我走到那裡時，植物都不見了，我望著以前擺放植物的地方。

「到哪裡去了？」我大聲說，是爸移走了嗎？

我轉動後門的門把，但上了鎖，接著我後退幾步。

「等等……等等……」我自言自語說，「別慌，這一定有合理的解……哇！」

一隻巨大的黑白貓從廚房後門上的貓門竄出來，對我眨眨眼後跑進院子。

「可是……我們沒有養貓啊！」我小聲說，而且那個貓門被封起來了，因為怪獸總是喜歡探頭過去，然後卡在那裡。

我看著那隻貓嗅一嗅灌木叢，消失在黑暗之中。

我有點暈還想吐，心臟瘋狂亂跳。我看見露台門旁邊有幾盆植物，便跑過去把每一盆搬開，看看鑰匙有沒有藏在底下。

沒有。

我試著開露台門。

鎖住了。

我覺得快昏倒了，而且腿開始發抖。我跪在冰冷的露台上，試著弄清楚到底是怎麼回事，接著把頭靠在露台門的玻璃上，往家裡看。

「不，不，不……」我說，「這不可能是真的……不可能發生這種事的。」

CHAPTER 12

陌生的廚房

　　我望著裡面的廚房，不過那根本不是我家的廚房。櫥櫃是一樣的，還有水槽跟爐台，但是其他東西都不一樣。角落有一張圓桌，中間擺了花瓶還插著花。可是我們的餐桌是橢圓形的木桌，家裡也絕對不會有花。牆邊有一個松木櫃，架上有很多藍白色的餐具，看起來乾淨又整齊。我往後靠，看見映在玻璃上的自己，我張開嘴巴，吐出一個名字。

　　「怪獸……」

　　我趕快用手圍住眼睛看看廚房，那個水槽的位置跟我家一樣，但它是黑色的，不是銀色。怪獸的床原本在旁邊，但也不見了。

　　「怪獸，你在裡面嗎？」我說，一邊輕敲玻璃。我看向左邊，希望可以在廚房櫃子後面看見牠搖尾巴的模樣。我到處搜尋牠的水和碗，但這些東西也不見了。

　　突然間，廚房的燈亮了，我眨眨昏花的雙眼，一個陌生男子走進廚房，把一件夾克放在椅背上。他轉向露台的門，看見

我透過玻璃往裡面張望時嚇了一大跳，於是他衝過來開鎖、把門一拉。

「你在做什麼？」他盤問。

「我……呃……我在找人。」

他臉色鐵青。

「誰？」他大吼一聲。

我想開口但又閉上嘴巴，不敢說出口，因為很怕聽到他的答案。

「你想闖進來？」他說，「有人跟你一起嗎？」他的視線越過我的頭，進入黑漆漆的院子。我從地上起身。

「我沒有要闖進去，真的！我在找貝克特一家，貝克特夫婦，亞曼達和艾迪，還有一個女生叫貝絲，他們住在這裡，還有一隻狗，一隻叫怪獸的獵犬，牠在嗎？」

他好像突然知道我在說什麼了，他的肩膀放鬆了一點，我自己也是。

「噢，貝克特一家！對，對，我知道你在說誰……」

我鬆了一口氣，沒事了，只是有事情搞錯了，雖然很奇怪。

我對他微笑，「可以幫我叫他們出來嗎？」

我準備走進屋裡，但被他擋住。

「嘿，別著急，你不能進來。」他將手臂環抱在胸前，不悅的看著我說，「貝克特家一年多前就搬走了，他們離婚之後我就買了這間房子，我不知道他們住哪裡，但絕對不是這

裡。」

「離婚？」

他把頭歪向一邊，盯著我。

「等等……你真的不是強盜嗎？」

我的耳朵嗡嗡作響。離婚？搬走？這是怎麼回事？我往後退了幾步。

「馬上離開我的院子和我家，不然我要叫警察了。聽見了嗎？」

我回望這位陌生男子，他站在這個已經不再是我家廚房的地方。

我拔腿就跑。

CHAPTER 13

逃跑

　　我在路上狂奔，整顆頭嗡嗡作響，彷彿門鈴還在我的耳朵裡響著。

　　發生什麼事了？爸、媽、貝絲和怪獸呢？是不是因為受不了我，所以在我去學校的時候搬家了？這不可能吧？但我們的家具都不見了，怎麼可能會有陌生人趁我不在的時候帶著東西搬進來呢？還有，那個人說爸跟媽離婚了，但這根本沒發生過啊。

　　我經過班克斯太太家，因為不想看到那隻奇怪的新紅鶴所以沒有抬頭看。我也經過老雷家，繼續往怪咖查理住的那條路跑去。查理一定很氣我，因為我毀了節目錄影，尤其是他正要贏得豪華假期大獎，但我也沒有別的地方可以試了。我跑到馬路盡頭，左轉後過馬路到查理住的那條路上，馬路還是空蕩蕩的，我一台車都沒有看見。

　　現在已經很晚了，我也開始覺得冷。我把手夾在腋下，抵達查理家時還用手臂環繞著自己，就像擁抱那樣。查理跟他媽

媽住在雙層公寓裡，這種房子分成兩個部分，他們住在樓下，從前門出入，樓上的人則是從旁邊的門進出。我走到前門，手指懸在門鈴前。屋裡有燈，代表他們應該在家。我深吸一口氣後按下門鈴。幾秒鐘後門打開了，是查理媽媽，我鬆了一口氣。

「是妳！怪咖太太！太好了，查理在家嗎？」

她皺起眉頭，所以我趕緊給她一個大笑臉，但我想作用不大。

「你走錯地方了。」她說，「你說你要找誰？怪咖太太？」

哎呀！我已經習慣喊他怪咖查理了，差點以為怪咖是他的姓。我對她微笑，她一定是在跟我開玩笑。

「是卡普才對，哈囉，卡普太太。」我又笑了一下，但她依然皺著眉，「查理在家嗎？」

她打量了我一番。

「在這裡等一下。」她說完便走進去。

我輕推一下門，偷看他們的玄關。角落有一個高高的柳編籃子，本來應該是用來放長長的舊式雨傘，但現在裡面有兩枝光劍、一支羽毛球拍和粉紅色的長鏟子，而查理上學的鞋子和背包就放在籃子旁邊。我鬆了一口氣，這裡看起來跟平常一樣。

晚餐香味飄了過來，我露出微笑，但看見查理時我的臉都垮了。

「查……查理？」我說。這個站在我面前的男孩是查理沒錯，但他看起來好……不一樣。他的頭髮很短，側面剃過，頭頂豎立的頭髮就像釘子，好像用了髮蠟或髮膠。他的鼻子看起來很好，舞會時貼的繃帶不見了。

「有什麼事嗎？」查理瞪著我說。

「嗨！哇，你的鼻子看起來好多了，我有說過我有多抱歉嗎？嗯……我很抱歉，真的很抱歉。但你的繃帶已經拿掉了，我想應該傷得不嚴重吧？」

我對查理點頭並露出微笑，他皺起眉頭，摸摸鼻尖後面無表情的看著我。我清清喉嚨。

「還有今天晚上學校停電的事，百年舞會，嗯，那又是另一場誤會……」我小咳一下，「你的髮型看起來不錯，剛剪的嗎？」

怪咖查理摸摸頭髮、皺著眉頭。

「等一下，」他說，「你是誰啊？」

我的腿開始發抖，於是伸手扶著牆壁。

「別鬧了，查理，」我勉強笑著說，「是我啊，麥斯！麥斯‧貝克特，你最好的朋友啊？在我弄傷你的鼻子之前是啦，但那真的是意外。」

查理盯著地板一陣子，接著抬頭看我，像他平常生氣時那樣皺起鼻子，然後笑了出來。他笑得很奇怪，有點瘋癲。

「哈！喔，我知道了，這是馬可的惡作劇吧？哈！他還真好笑對吧？哈！跟他說明天換我整他了，好嗎？」

我往前走一步準備開口說話，但門砰的一聲在我面前關上。

　　我的心一沉，怪咖查理竟然不知道我是誰！他真的不知道，而且他的鼻子完全沒事，一點都看不出有受傷的樣子。我慢慢走在他家門前的步道上，左轉離開。

　　我好害怕。

　　這一定有什麼問題。

　　絕對是非常大的問題。

CHAPTER 14

老雷家的沙發

　　我只有一個地方能去了——老雷的小屋。

　　老雷的廚房亮著燈，我敲敲門。通常我都直接走進去，但這次我等他來開門。他開門時的反應倒是跟我預期的一樣。

　　「有什麼事嗎？」他帶著狐疑的表情說，但老雷的反應總是如此。

　　「是我，麥斯。麥斯·貝克特，記得嗎？」

　　他露出微笑，但搖搖頭。

　　「我經常來找你，我們會坐在沙發上喝茶吃餅乾。我們……我們是朋友。」

　　老雷仔細看了我一下。

　　「喝茶吃餅乾啊？聽起來的確像是我會有的朋友。」他笑著說，「你說你是麥斯·貝克特，那就是嘍。」

　　我微笑回應。

　　「我……我很抱歉這麼晚來找你……我可以進去嗎？」

　　風又更大了一點，老雷將毛線衫拉緊，把門推開一些。

「來杯熱可可吧？」他說，「我去煮水。」

*　*　*

老雷一邊攪拌熱可可，我一邊對他解釋我的困擾。他靜靜的聽，把熱水壺裡剩下的熱水倒進老舊的藍色熱水袋，看來他要準備睡覺了。

「一切都變得不一樣了？」他說。

「是啊，不知道是怎麼回事，我的家人……他們……都不在我們的房子裡了，有個陌生人住在那裡，屋裡都是他的東西。而且……班克斯太太的紅鶴又有頭了……」

我拿起馬克杯，跟他一起走到客廳。

「還有查理……查理連我是誰都不知道！還有怪獸，我的狗，我……我不知道牠在哪裡，我擔心牠可能出事了。」

老雷瞪大眼睛。

「真是個難題啊，該怎麼辦呢？該怎麼辦。」

我喜歡老雷，但他並沒有為我帶來多少信心。他放鬆的坐在扶手椅上，用溫柔的灰色眼睛看著我。

「到目前為止，一切都正常嗎？」他抱著熱水袋說，「之前都沒有奇怪的事情嗎？」

「沒有，雖然這個星期我過得很糟，非常糟。我在學校闖了大禍，我不小心給了最好的朋友一記頭槌，然後……然後我在電視台來錄影時毀了學校的百年舞會，舞會取消了，都是因為我。」我喝了一口熱可可，「每個人都討厭我。」

老雷移開了視線。

「那你記得的最後一件事是什麼？在一切都變樣之前？」

我偷偷往左看了一眼，老雷收藏古怪物品的櫃子還在。

「我搞砸舞會之後就跑走了，我不想回家，因為我知道爸媽會開始吵架，所以我就來這裡。」

老雷打了個呵欠。

「原來如此。」他揉著眼睛說，「我覺得不如你先回家睡覺，明天我們再來看看能不能想出什麼辦法，好嗎？」

我想開口提醒他我無家可歸，但我又閉上嘴巴。

「好吧，老雷，你去睡吧，我會自己離開。」

「好。」老雷說。他又打了個呵欠，從扶手椅上撐起身體，接著緩緩走向客廳的門，那扇門通往玄關和他的房間。

「晚安，麥斯·貝克特。」他說完便把門關上。

我看著這張沙發，我得睡在這裡了。我想回家睡在自己的床上，但沒辦法，我只能留在這裡。

我把熱可可喝完，將空杯子放在桌上。老雷的扶手椅背上有一條灰色的羊毛毯，我拿過來，讓它盡量蓋住我的腳。我弄鬆一個紅色抱枕當枕頭，窩著等待睡意降臨。老雷說得對，明天早上應該就會好多了，這些事情一定有合理的解釋，說不定是一場精心設計的大騙局，爸媽跟學校計畫好要教訓我一番。對，就是這樣！如果事情是這樣的話，那我才不管他們，我才不要生氣或擔心受怕，以免讓他們得逞。如果他們自以為可以捉弄我，那他們就會嚐到苦頭。

CHAPTER 15

消失後的第一個早晨

一聲大叫吵醒了我。

「你是誰？你怎麼會在我的沙發上？」

老雷站在沙發旁邊，用拿武器的姿勢拿著熱水袋。我站了起來。

「是我，老雷！我是麥斯！是你讓我睡這裡的，記得嗎？我來找你，因為……因為我昨天過得很慘，你說我可以留下來。」

說謊的感覺不太好，但我總得說點什麼。

「是嗎？」老雷放下熱水袋說，他看起來有點難過，「我都不記得了，我的記性不太好，實在有點困擾。」

我揉揉眼睛趕走睡意。

「沒關係，老雷，我知道。」

老雷看起來有點不好意思，所以我試著換個話題。

「這張沙發真舒服，」我坐在上面彈了一下，「我昨晚睡得很好，謝謝你！」

老雷笑著點點頭。

「很好，很好。我去看看早餐可以吃什麼。」他慢慢晃去廚房。我想起家，肚子翻攪了一下。家裡已經沒有爸媽，也沒有貝絲和怪獸了，但我還是認為最有可能的解釋就是惡作劇，他們顯然是想要教訓我，因為我做了那些壞事。學校大概也有份，我打賭就是邪惡的洛伊德太太策畫的！

「麥斯，吐司可以嗎？」老雷從廚房大喊。我從昨天下午就沒有吃東西，簡直餓壞了。

「可以，麻煩你了，老雷。」我對他大喊，然後聽見他打開收音機的聲音。

可以在床上吃早餐！還不錯嘛，我在家裡從來沒有在床上吃過早餐。我伸展手臂，把這些都拋諸腦後，我輕鬆的坐著，在老雷的客廳裡東看西看。

東西看起來都一樣：米色的窗簾掛在窗前，望出去就是前院；客廳門邊的那個老時鐘繼續發出滴答聲；老舊的古物收藏櫃就在角落，跟平常一樣堆滿垃圾；但壁爐上有東西不見了。

我望著那個空空的位置，感覺腸胃開始攪動，好像快要打結了。

我拉開毯子站起來。

我走進廚房，老雷站在烤麵包機旁邊。

「老雷，我的畫呢？」我說。

吐司跳了起來，他在盤子上各放一片。

「畫？」他說，「你說什麼畫？」

我向他靠近一步。

「我幫你畫的畫，你知道在哪嗎？我媽裱了框，上面有玻璃，你把它放在壁爐台上的，就在客廳裡。」我說，並往客廳用力一指。

他茫然的看著我，我感覺心臟即將承受重擊，這讓一切又變得令人害怕了。

「畫？不，不，我好像沒有這樣的記憶……」

他開始在吐司上抹奶油，但我握住他的手臂。

「你一定要記得啊！老雷，拜託，這真的很重要。我幫你畫了一張畫，有個很大的比賽，我們要畫出這個鎮上讓自己引以為傲的東西，我畫的就是你！然後我贏了！學校……學校也得到一大筆錢做了很多整修。老雷，拜託，你一定知道我在說什麼。」

我抓著他，他被我擠向流理台，又露出擔憂的神情，每次忘記事情時他都會有這種表情。

「我很抱歉，麥斯，但我不知道有什麼畫。」

我放開他的手，跑回客廳到處尋找：坐墊後面、沙發底下、電視後方，我發狂似的找。我打開櫃子把所有東西都翻出來，老雷搖著雙手走過來。

「噢，不，不，不！我的東西……我的東西！住手！馬上住手！」

老雷看起來嚇壞了。

「你不能這樣弄亂我的東西，不可以！」他說。我停下來

低頭看著地毯上滿滿的東西：乾人頭、地球儀、一堆堆滿是灰塵的舊書，木頭蛋則是四分五裂，這些不過就是一堆垃圾。

「到底在哪裡？」我說，「我的畫呢？」

老雷一臉茫然，看著我搖搖頭。

我抓起沙發上的套頭毛衣、穿上運動鞋。

「你要去哪裡？」老雷不解的說，「你的吐司怎麼辦？」

「我得去確認一件事情。」我說，接著轉身從側門跑出去，踏入秋高氣爽的天氣。

現在只有一個辦法能弄清楚這是怎麼回事，還有這些怪事到底是不是我家人在教訓我。我非常清楚該去哪裡。

學校。

CHAPTER 16

調查

　　一想到那張消失的畫和其他的怪事我就很不舒服，如果可以想出解釋這一切的理由，我應該就會舒服一點。我一邊往學校前進一邊思考。

第一件事：班克斯太太院子裡的新紅鶴。
雖然她趁我去舞會的時候把無頭紅鶴換成新的很令人訝異，但這也不是不可能。一定是這樣，那天晚上班克斯太太把紅鶴換掉了，她並不在爸媽和學校教訓我的計畫之內，那隻新紅鶴只是巧合。

第二件事：院子的柵門。
院子的柵門跟幾年前被我弄壞的那個長得一模一樣，一定是爸把變形的鉸鏈換掉，再把它裝回石柱上。爸總是在外頭閒晃，我通常不會注意他在院子

裡做什麼，這次我沒看到也不奇怪吧？說不定他好幾週前就修好了！

第三件事：沒看到爸、媽、貝絲或怪獸，花盆底下沒有鑰匙，家具都不見了，家裡有個陌生男子，還有一隻貓。

這個比較難，唯一的解釋就是爸媽實在受夠我了，所以決定要好好教訓我。屋子裡那個男人大概是爸的朋友，他也參與其中。他們拿走鑰匙，把家具都搬到另一個房間，再放上「假家具」，場景就布置好了。說不定我一臉震驚從露台門看進去的時候，我的家人正把怪獸藏起來、躲在廚房門後面偷笑呢。至於貓，大概是在路上跟別人借的吧，這附近的貓很多，家裡本來就有貓門，所以不是什麼困難的事。

第四件事：怪咖查理不知道我是誰，看起來也跟平常差很多。

如果第三件事的解釋正確，這就簡單了。爸媽一定有把計畫告訴查理和他媽媽，要他們假裝不認識我。他簡直恨死我了，一定會配合！他的頭髮大概是為了建校百年舞會剪的，繃帶是在回家之後拆掉

的，鼻子想必也很快就消腫了。

第五件事：老雷家消失的畫。
老雷很老了，也有失憶的毛病，隔天就會忘記我是
誰，所以很有可能是他把畫拿到其他地方，然後忘
得一乾二淨，簡單。

我給自己一個微笑，感覺好多了，我的家人才不可能整得
到我。

我跑到這條路的盡頭，右轉過馬路到學校。今天是星期
天，一路上我只遇到三輛車。我經過校門前兩棵很粗的大樹，
它們就在黑色柵門前的兩塊草地上，跟平常沒什麼不同，電視
台卡車就是停在這裡。我踢了橘色的落葉堆一腳，樹葉散落到
人行道上，我抬頭看。

我的手臂頓時沉重了起來，彷彿身體裡的東西都突然往人
行道上垂落。

我站在那裡望著學校，頭上的血管開始劇烈搏動。我真不
敢相信，怎麼會？學校怎麼會變得這麼不一樣？我在七年級時
贏得比賽，後來學校就改建了，可是現在……現在看起來完全
不對。

「噢……不……」我大聲說，感覺喉嚨開始緊縮，「這一
定是個玩笑。」

CHAPTER 17

全國繪畫比賽

　　除了怪獸來到我們家，繪畫比賽是我經歷過最棒的事情之一。比賽是大型連鎖超市舉辦的，全國每間學校都受邀參加，優勝者可以獲得現金大獎，不過不是給學生，而是給學校。

　　規則很簡單，要畫出家鄉讓你引以為傲的東西。我們學校送了二十張畫去比賽，我很滿意自己的畫，但老實說，我早就忘了這件事，直到四個月後的某天，霍華先生激動的走到班上，說我進入了前十名。我以為他說的是這一區學校的排名，但他指的其實是全國前十名。

　　他們舉行了一場盛大的頒獎典禮，所以我、霍華先生、爸、媽和貝絲都搭火車到倫敦一流的美術館參加。我們抵達後就被安排參觀美術館，真的很無聊。首先，帶我們參觀的人一直用無聊的語調講解每一幅畫的「光線」、「濃度」和「象徵意義」。再來，那些畫並沒有很好看，而且根本就爛透了，有一幅竟然畫了舊襪子！而且還不是多好看的襪子，它有破洞，看起來好像還黏了狗毛。我在導覽員談畫作名稱的意義時用手

肘推了推霍華先生，說：「那隻襪子……」

「我要幫它取名為『臭死人』……」我悄悄說，並開始發笑，但霍華先生白了我一眼。他整天心情都不太好，還一直拿手機出來查看，以為我們沒發現。我在搭火車時偷看了一下，他有很多「克萊兒‧H」傳來的訊息，我馬上就知道那是學校裡的西班牙語老師荷絲莉小姐。他們顯然對對方有意思，但那週結束後荷絲莉小姐就要去澳洲工作了。

無聊的導覽結束後，我們走進一個很大的會場，其中一邊設有舞台，我們在第二排找到了我們的座位，上面有我們的名字。有個脖子被襯衫勒得很緊的男人開始用麥克風講一些比賽的事情，同時揮舞雙手。他一邊說，我一邊看著他襯衫上的第一顆扣子，期待看到它噴出去的瞬間，可惜沒發生。

進入最後決選的十幅畫被放在大大的木畫架上，媽拍拍我的手臂並指了指我的畫，好像以為我不知道自己的畫是哪一張。那個男人談到校園裡的藝術，然後說了一堆廢話，還說這場比賽讓很多有天分的孩子嶄露頭角，接著又是一堆廢話。他也提到創造力的重要性，然後還是一堆廢話，還有我們不是都很棒嗎？這類的廢話。最後，他把麥克風交給一位小姐，說是超市人員，但她並沒有穿像收銀員那樣制服，而是灰色套裝和亮粉紅色的高跟鞋。

那位小姐一直看手裡的一大疊手卡，現在換她發表長篇大論了。一開始，她就不斷說超市有多棒、回饋了多少給當地社區，然後廢話廢話廢話……我開始打呵欠，爸的手肘往我肋骨

上推了一下。

　　終於，她翻到最後一張手卡，要宣布優勝者了，她請入選者都到台上。我跟其他人一起走過去，站在自己的畫旁邊。我仔細看了對手的畫，其中有幾幅畫得不錯。有個女生畫了家鄉的戰爭紀念雕像，有個男生大概是住在倫敦，他畫的是從空中俯瞰的聖保羅大教堂，我想除非他搭直升機，否則一定是照著什麼東西畫的。超市小姐再度發言：

　　「我很榮幸的宣布，為學校贏得美術用品的第三名是……伊莎貝‧斯提爾，她畫的是家鄉德文郡的『市民農地』！」

　　我們開始鼓掌，伊莎貝上前去跟那位小姐握手，然後接過一個信封，哭了起來，不知道是因為太激動還是無法接受自己沒拿到第一名。

　　「為學校贏得美術和運動用品的第二名是……班傑明‧杜瑞爾，他畫的是『讓我變得更好』。」

　　班傑明在空中揮拳，大呼一聲「耶！」，一邊走去領獎。我在禮貌的掌聲中快速瞄了一下他的畫，他畫了醫院的急診室外面，窗戶裡的人滿身是血，看起來好像發生了大災難。有個人抓著自己的肩膀，但他的手臂不見了，還有好多血噴濺到地上，我想班傑明應該很沉迷電玩遊戲。

　　我望向爸媽、貝絲和霍華先生，他們的笑容都很無力，我不可能贏過那張聖保羅大教堂的，但今天過得還可以，我可以不用上學。

　　「接下來要頒發大獎了，」超市小姐說，「所有入選者的

畫作都很優秀，每一幅都是家鄉讓他們引以為傲的東西，但這位同學的作畫選擇極具原創性，也有非凡的光線、濃度和象徵意義，我們一致贊同第一名就是這幅畫。」

會場鴉雀無聲。

「第一名能為學校贏得高達十萬英鎊的翻修獎金，得獎的是……麥斯・貝克特，他的畫作有個很美的名稱，『老雷』。」

我差點喘不過氣來，我得獎了？我真的得獎了？觀眾爆出掌聲，爸、媽、貝絲和霍華先生都站起來歡呼，我太驚訝了。我走向超市小姐，她跟我握手後交給我一個信封，閃光燈四起，有人開始拍照。超市小姐讓我沐浴在掌聲中，有人將我的畫拿到舞台前。掌聲漸漸消失後，超市小姐再次對著麥克風發言。

「麥斯，請問為什麼你會用這個題材當作『你在家鄉引以為傲的東西』呢？」她將麥克風指向我。

我聳聳肩。

「不知道耶，我猜應該是因為我喜歡老雷，他又住在我的家鄉……這讓我感到驕傲吧。」

在我回答時，她的臉似乎扭曲了一下，但很快又面帶微笑開始拍手，大家也跟著鼓掌。我跑下台階去找爸、媽、貝絲和霍華先生，他們都拍拍我的背，爸媽也給我大大的擁抱，真是太棒了。

我們離開美術館之後，爸提議去一間高檔的漢堡店，連霍

華先生都來了，通常有老師在場很奇怪，不過這次還可以。

「我真以你為榮，麥斯，我覺得你很有天分，你應該繼續畫畫。」爸說，一邊大口咬著雞肉漢堡。

我露出微笑，把吸管插進巧克力奶昔裡。

「是啊，你做得很好，麥斯。」貝絲輕輕捶我的手臂說。

「我已經打給學校了，洛伊德太太說他們會在明天集會時宣布這件事。」霍華先生說，「他們已經想好要怎麼運用這筆錢了，學校非常需要整修一番。」

他說得對，遊樂區到處都是坑洞，禮堂的天花板會漏水，教室陰暗又破舊，時不時就會有鎮公所的人來幫牆壁刷油漆，但實在沒什麼效果。而現在，一切都會好轉，因為我的關係。

爸媽開始討論要搭哪一班火車回家，霍華先生又拿出手機。我越過他的肩膀偷看，克萊兒——也就是荷絲莉小姐，傳了三封訊息。我沒辦法看完，但瞄到最後一封的結尾：「……你連自己有什麼感覺都不告訴我？」我看過霍華先生和荷絲莉小姐在學校相處的樣子，有時候在遊戲區，有時候在停車場，他們似乎總繞著對方打轉，好像有什麼奇怪的引力把他們拉在一起。但大約一個月前，他們就不那麼常一起出現了，荷絲莉小姐也在西班牙語課結束時，突然宣布她要去澳洲工作，雖然這聽起來是很棒的機會，但她好像不是很開心。我感覺她會離開，跟霍華先生陰晴不定的狀況脫不了關係。他嘆了好長一口氣，放下手機後把吃一半的蔬食漢堡丟回盤子。

「霍華先生？」我說，他用餐巾擦擦嘴、轉頭看我。

「什麼事，麥斯？」他說。

我也放下漢堡。

「你應該告訴她你的感受。」

霍華先生移開了視線、喝了一口可樂。

「什麼意思？」他小聲說，避免被爸媽和貝絲聽見。

「荷絲莉小姐啊，她馬上就要去澳洲了，不是嗎？」

他點點頭，額頭出現幾條皺紋。

「我只是覺得，你應該在她走之前告訴她，她在你心中的意義是什麼。」

霍華先生搖搖頭。

「我們不需要討論我的私事，對吧，麥斯？」他說。

我們沉默了一陣，他用手撥弄玻璃杯裡的吸管，冰塊不停發出咔啦聲。

「不管怎樣，」他接著說，「她已經有新計畫了，他們給她機票、給她工作，我能給她什麼呢？」

我很驚訝他這麼說。就我所知，霍華先生是很好的人。

「我不是很了解這些事，」我說，「但你們這些老師總是用〈華盛頓砍倒櫻桃樹〉的故事告訴我們『誠實才是上策』之類的話，所以你只要跟她說實話就好了，對吧？她需要了解一些事實，然後才能做決定。」

霍華先生考慮了一下，開始點頭。他拿起手機站了起來，「抱歉，各位，我得去打個電話。」

這件事後來怎麼樣，我就不需要問霍華先生了。回家時，

他坐在火車上望著窗外，一路上都在傻笑。幾天後學校就宣布荷絲莉小姐決定要留在翠坊中學，他們也會開始進行重大的修繕工程，因為麥斯·貝克特幫學校贏得了重要的資金。

所有工程花了大約十個月才完成，但我贏得的獎金讓學校從破舊的廢墟變成了明亮乾淨的現代建築。

* * *

我站在學校外圍抓住冰冷的鐵欄杆，想起了這一切。我驚訝得張著嘴、喉嚨乾乾的，然後眨眨眼呆望著眼前的景象。

我不敢相信。

一切都回復成以前的樣子了。

CHAPTER 18

沒有我的學校

　　我望著學校，額頭靠在黑色的欄杆上。

　　學校有兩扇大門通往主要的會客區，我前幾天才坐在那裡，就在校長辦公室外，那時候查理正因為鼻子的事大驚小怪。後面就是教職員辦公室、一些置物櫃和禮堂。

　　但會客區……看起來根本不對……

　　對開大門的其中一扇釘了一塊舊木板，窗框上的油漆都剝落，門邊的標示應該是：

翠坊中學會客室

　　但現在是：

翠坊十學會各室

　　學校拿到錢後第一件事就是美化這個入口，他們說希望會

客室是乾淨且歡迎所有學生、教職員和訪客的地方。他們換了窗戶和門，還在牆上弄了新的標示，可是現在……變得跟以前一樣了。

沒壞的那扇門上有一張海報，寫著：

建校百年募款摸彩

賣彩券
慶祝
建校一百年！

（募款所得將用於重大修繕）

什麼摸彩？學校辦了一場舞會，還有電視台來慶祝百年歷史，才不是什麼無聊的摸彩！

學校的柵門敞開，我走進去繞到禮堂側面那片大玻璃窗。這裡就是阿傑和巴斯宣布要開始錄影的地方，後來我丟了自己的臉，舞會也被我毀掉。那筆獎金大部分都花在整修快不能用的禮堂，下雨時我們完全不能進去，因為地上會擺滿接漏水用的橘色水桶。

我走向高高的窗戶，用手圈住眼睛往裡面看。

我倒抽一口氣。

禮堂裡面都是橘色水桶。

數不清的水桶。

是事先放在那裡接雨水的。

舞台的地方，也就是怪咖查理等著要玩「貼上驢尾巴」的地方以前也不准大家靠近，現在我往舞台望去，舞台前面拉了一條繩子，中間掛了一張標語：「嚴禁入內」。我退了幾步，竟然沒有一樣東西修好。我走回校門時心臟跳得很劇烈，我嚇到了，也很困惑，完全不想再受到任何刺激。

「嘿！你！你在做什麼？」

我抬頭看，有一輛車停在教職員停車場，有個人從車窗往外大喊，我僵住了。

「你不應該在星期天來學校！」他繼續大喊。是霍華先生，他手裡拿著三明治。

我停了一下、看著他，他也看著我。他認得我嗎？他星期天又在這裡做什麼，還坐在車裡吃三明治？

「抱歉，先生。」我說，並低下頭繼續走。幾步之後我停下來，轉身走向霍華先生的車。我得確定這裡發生了什麼事、徹底弄清楚。

我站在副駕駛座的窗邊，我的級任導師抬頭看我、瞪大眼睛，三明治的起司屑屑掉在他的大腿上，車上也有很多頭髮。他的襯衫一邊沾到了像是咖啡的東西，他看起來不像平常那樣體面。他看著我、搖下車窗。

「有什麼事嗎？」他說。

「霍華先生，很抱歉我跑來學校，」我說，「我想確認一樣東西，很重要的東西。」

霍華先生仔細看我的臉。

「原來如此，是什麼呢？」

儀表板上有一個免洗杯，他拿起來喝了一口。

「我……我想看看禮堂，還有水桶是不是都擺好了，以免今晚下雨。」

他點點頭。

「今晚會下雨嗎？」

我聳聳肩。

「不知道，但我想最好還是確認一下，你知道的，以防萬一。」

我一邊說話，一邊把臉轉來轉去，讓他能看清楚我的樣子，但我想這樣做，應該讓我顯得有點奇怪。

「既然你已經確認完了，就回家去吧。」

他皺起眉頭。我知道他在思考我是誰，我就是知道。

「那為什麼你星期天會來這裡呢，先生？」

霍華先生準備咬一口三明治，但停了下來。

「我沒什麼行程……所以就想來這裡做點事情。」

我皺起眉頭。

「在你的車裡？」我說。

霍華先生對我眨眨眼。

「教職員辦公室太……空了。」他說。他的眼睛有點溼，

但馬上轉換了心情，「總之，這跟你沒有關係。你是……呃……」

我對他眨眨眼。說啊！我是麥斯！快說啊！我每天都出現在你的班上，拜託你說！

他看著我，咬下一大口三明治。

「你說你是哪一班的？」他含著一大口食物說。

我的心縮成像橡實那麼小。他不認識我，我的級任導師霍華先生完全不曉得我是誰。

「我……我得走了。」說完，我便轉身跑離停車場。

★　★　★

這天剩下來的時間，我不停走路，走了一公里又一公里的路，我想去看每一樣東西，去看我做過的每一件事。我第一個去的就是游泳池。

CHAPTER 19

游泳池

　　小時候，每個星期天早上爸媽都會帶我和貝絲到「家樂游泳池」去游泳。這座地方游泳池會放上色彩鮮豔的充氣墊和巨大浮板，我們就跟許許多多家庭一樣跳進泳池。爸想出了一個遊戲，要扮成飢餓的鯊魚來吃我們。我們從泳池邊開始，他從一數到十，我跟貝絲和媽要游向浮板，在爸咬到我們的腳踝之前抵達安全地帶。媽游得很慢，所以我跟貝絲會先爬上浮板，尖聲催促媽加快速度，因為爸就在她後面。等媽抵達浮板，她會笑得沒辦法離開水面，這時候爸就會在她旁邊起身，把手放在頭上當作鯊魚的鰭。

　　「哦……有人看起來很好吃喔，咬、咬、咬！」他會這樣說，然後假裝啃媽的肩膀。

　　「別逗我笑了，艾迪！我要爬上去！推我一下啦！」

　　我跟貝絲會幫忙把媽拉到浮板上，然後爸會潛到水底下撞浮板底部，讓我們繼續尖叫。

　　這段回憶真不錯，說起來算是最棒的回憶之一。那時候我

大概只有 7 歲，他們也都很喜歡對方，還不會吵架，也不會在食物上貼愚蠢的便條紙。我都不記得事情是從什麼時候開始變樣的，他們好像開始經常惹毛對方，情況也沒好轉過。

★　★　★

我走到游泳池時停車場十分繁忙，我好幾年沒來了。這裡有好多背著小背包的興奮孩子，有個女孩甚至已經戴好泳鏡。

有次游泳過後，媽到咖啡店排隊買奶昔，我和爸、貝絲在外面等待。那天很熱，太陽很大，在車裡等太熱了，所以我們三個就坐在停車場周圍的矮紅磚牆上。等待的時候爸在滑手機，貝絲把溼溼的頭髮編成兩條辮子，我覺得很無聊，就爬上磚牆，沿著牆垣走。爸抬頭看了我一眼。

「小心一點，麥斯。」他說，繼續低頭看手機。

我沿著牆前進，同時展開雙手保持平衡。那時候覺得這座牆很高，所以我慢慢往盡頭走。牆的頂端砌了棕色的方形磚板，我走到轉角準備迴轉，但腳下有塊磚板開始搖晃，接著就掉到水泥地上。我往下看，它碎成了五片，我以為爸會對我大喊，但我抬頭發現他還在滑手機，貝絲也還在繼續編頭髮，他們什麼都沒聽到。我怕自己會惹上麻煩，所以從牆上跳下來、迅速撿起碎片，並且藏在灌木叢底下。我一站起來，就聽到有人從停車場另一邊大喊：

「麥斯！奶昔！」

媽站在爸跟貝絲旁邊，對我搖著一杯草莓奶昔。我趕快跑

回家人身邊，沒跟他們說那塊磚板的事。

有好一段時間，每個星期天我們都到泳池報到，我時不時就會沿著牆邊走過去，看有沒有人換上新的磚板，但一直都沒有。其實，好像根本沒人發現那塊磚板不見了。

該去看看了。

我站在游泳池的自動門旁邊，跟它保持一段距離，這樣門就不會打開，又可以讓大家以為我在等人。我假裝看手錶，接著開始在磚牆上走，幾年前我還得努力保持平衡，但現在我不需要把手展開、伸到兩邊了。

有個小寶寶在哭，媽媽正把他從安全座椅抱出來，還有一個肩膀很壯的男人正在把腳踏車鎖在停車架上。我邊走，邊盯著自己的腳，輕輕的自言自語：

「拜託不見，拜託不見。」

我走到牆的盡頭，深吸一口氣看。

我開始發抖。

磚板還在。

被我弄掉又摔成五片的最後一塊磚板，就在原本的位置上，完全沒破。

就像我從沒摔破它一樣。

我跳下來摸那塊磚板，它在晃動，就跟我不小心碰掉它時一樣。我蹲在藏碎片的灌木叢邊查看，說不定他們還是換了新的磚板，而舊的碎片可能還在灌木叢裡？

我東看西看，但是只找到三個空飲料罐和一個沒氣的游泳

臂圈。

沒有破掉的磚板。

我坐在牆上試著思考，但頭昏眼花的。

我過去做的每一件事情都……被反轉了。柵門、學校，現在又是這個。我站了起來，不知道該做什麼，所以又開始走路。我不知道該往哪裡去，所以就到處走，走在我再熟悉不過的路上。

我來到相思路，幾年前鎮公所在人行道邊緣種了一棵樹苗，不到一個星期我就騎腳踏車不小心撞上、斷成兩截，斷掉的樹就在那裡待了幾個月，慢慢腐朽，後來總算有鎮公所的人把它挖走、填補遺留的小洞。但是現在樹就在這裡，大概有我三倍高，還在地上掉了一圈紅色的葉子。我停下來看了一下，繼續前進。

我的小學附近有一間房屋，外圍有橙褐色的圍籬，是實心木板做的，沒辦法從外面看到裡面的樣子。有一天，媽在我們放學回家的路上遇到她的朋友金柏莉，她們站著聊了好久好久，就算我用力拉媽的大衣要她快點回家也沒用。我在等待的時候沿著橙褐色的圍籬摸了一陣子，碰到了一個木節，看起來就像瞪大的眼睛。我壓了它一下，那一小塊圓圓的木頭就掉到圍籬的另一邊，我趁媽不注意的時候往洞裡看過去，望著那隱密的院子，結果裡面只有到處亂長的刺藤。有好幾年的時間，我每天都會經過那道圍籬兩次，時不時就會往裡面看，現在我走在圍籬旁邊，圓圓的木節還在上面。

我把手插在口袋裡走著，接著想起口袋裡應該有東西才對，就是百年舞會那晚的配電室鑰匙，可是口袋空空如也。我繼續走啊走，傍晚時我的腿隱隱作痛，連邁開一步都很困難，所以我開始往老雷家前進。

　　我很努力想理解這一切，為發生的事情尋找合理的解釋。很明顯，我錯了，根本沒有惡作劇，我的家人沒有策畫什麼精心設計的騙局來教訓我。

　　發生的事情遠比那還要糟。

　　有人把我——麥斯・貝克特的存在——擦掉了。

CHAPTER 20

番茄濃湯

我回到老雷家時，他正在廚房打開一罐番茄濃湯。

「哈囉，」他在我進門時說，「我們有約嗎？」

這次我很感激老雷忘了我，畢竟經過早上的櫃子事件後，如果他記得我是誰，也許就不會對我這麼友善了。我盡量簡單說明我是他朋友，他找我來吃晚餐。我的肚子在翻騰，即使不覺得餓，我還是知道該吃點東西。

老雷要我去客廳坐著，等他煮好食物。

一到客廳我就直接走向玻璃櫃。老雷已經把東西整齊的放回架上，我感覺手臂起了一陣雞皮疙瘩，這個櫃子總是讓我有點害怕。是裡面的東西把我的存在擦掉了嗎？我小心打開櫃子門、往裡面看。我以為把東西翻出來時弄破了那顆木蛋，但它又完好如初的放在架上黑色帽子旁邊。我拿起木蛋，我記得昨天晚上在手裡把玩著它，而且它發出了一點聲音。我再次搖晃木蛋，聽見喀啦聲。

蛋的頂端有一個很小的木頭旋鈕，我往兩個方向都轉轉

看。旋鈕動了，但什麼也沒有發生。接著我把它往裡面壓，喀啦一聲後，蛋突然打開，分成四半掉了下去，就像花瓣一樣。

「什麼……？」我看著裡面說。有幾個東西掉到地上，我沒有馬上伸手去撿，因為我正在仔細端詳那四瓣零件，每一瓣都刻了幾個字母，我轉動這顆蛋看看裡面寫了什麼。

「M・賽勒斯特、阿蒙森、路易斯・普林斯、艾爾哈特。」我說，「這是什麼意思？」

我跪下來查看掉出來的東西，有一塊髒髒的白色方形厚布、銀色鈕扣、一塊用毛線織的東西，還有一條折好的手帕。我攤開那條手帕，看見角落繡了字母：A. E.

「要喝湯了嗎，麥斯？」老雷從廚房大喊。

「好的，老雷。」我回他。

我馬上撿起所有東西、塞回木蛋的中間，並且將每一瓣往中間摺起來。它發出喀啦一聲便關上，又回到蛋的形狀。我把它放回架上、走向沙發。

「來吧。」老雷說，一邊端著托盤走到客廳，把托盤放到我的大腿上。

「老雷，那顆蛋是哪裡來的啊？」我說，「木頭做的，你說那是音樂盒。」

我吹一吹濃湯，喝了一口。

「噢，那個老東西啊！我爺爺在越南玩撲克牌贏的，他總是讓自己陷入險境。我有跟你說過他曾經環遊世界三次嗎？」

他輕輕笑了起來，又回到廚房拿了兩片厚厚的麵包和奶

油。我好累，兩隻腳因為走太多路而隱隱作痛。

「老雷，如果你再也不存在於這個世界，你會做什麼呢？」我說，一邊把麵包泡進湯裡。

老雷看著我。

「這是什麼惡作劇的問題嗎？」他問。

「不，不是惡作劇，我只是好奇你會怎麼過。」

老雷想了想。

「如果我不存在的話，我什麼也不會做，因為不存在就沒辦法做事了。」

我皺起眉頭。

「不，我的意思是……如果你曾經存在，但發生了某件事……像魔術一樣……你在世界上的所有痕跡被擦掉了，但是你還活著……還可以在小鎮走路、說話、呼吸……可是你從來沒有出生過，你認識的所有人都不知道你是誰，你沒有存在過。」

老雷舉著一匙冒煙的湯、懸在嘴邊，動也不動，好像在思考很多事情，接著又輕輕吹著湯。

「如果發生了那樣的事，如果我還是我，也沒人知道我是誰……但我又知道他們是誰……那我覺得我會做點好玩的事。」他說，臉上露出大大的微笑。

「好玩的事？」我說。我現在這個樣子，實在想不到有什麼好玩的。老雷喝了一小口湯。

「是啊！有點像隱形人，不是嗎？身邊的人你都認識，也

知道他們的祕密、習慣等等，但他們完全不知道你是誰。」老雷吸了一口湯，「沒人知道你的缺點或犯的錯，你可以成為你想成為的任何人。」

我靠在沙發上、眼皮變得沉重，雖然很累但感覺平靜了一點。我填飽肚子了，身體暖和又有地方可以遮風避雨，也許老雷說得沒錯？也許不存在不是什麼太糟的事？我以前的生活一團糟，也讓很多人不高興，說不定在這樣的世界裡運氣會好一點？在這裡，沒有人討厭我，認為我是麻煩製造者或魯蛇，我沒做錯任何事情。我的家人應該在某個地方，所以我只要找到他們，想辦法再跟他們一起生活就可以了。

我靠回蓬鬆的沙發靠墊，閉了一下眼睛。這個世界裡有怪咖查理，我確定自己可以再跟他當朋友，這次會是更好的朋友，應該不會太難。我一邊休息，一邊感覺到老雷拿走我腿上的托盤，聽見他走向廚房。

我露出微笑。

說不定麥斯‧貝克特在這個世界可以做得更好。

CHAPTER 21

車站

隔天早上起床時，我感覺格外輕鬆。老雷一定是在睡前幫我蓋了毯子，也點了壁爐。他穿著藍色條紋睡衣走到客廳，看見我時嚇了一大跳。

「你怎麼會在我的沙發上？」他說。同樣的問答又上演了一遍，不過這次他似乎理解得比較快，也許是因為跟我見面後還沒有過很久。這次我告訴他，我爸媽跟他是朋友，他們得到外地工作，他答應可以照顧我一段時間。

「他們希望你別忘記這件事，讓我住在這裡是很重要的事，你不記得了嗎？」我說。

又對老雷說謊，讓我有了罪惡感，他看起來有點擔憂，但也假裝自己記得，說我留下來沒問題。我繼續裹著毯子，他走去廚房，拿了四片吐司和果醬過來。

「謝謝，老雷。」我說。這樣真好，我通常要等爸出門去做園丁的工作後才會起床。只要爸或媽不在，就不會有爭吵聲。

「那你什麼時候要上學呢，年輕人？」老雷問，他坐到扶手椅上，肚子上放了一個白色的碗，裡面裝了滿滿的玉米脆片。

「嗯，這星期不用上學，老雷，學校放假，媽有跟你說過。」

他看起來有點不好意思，接著點頭微笑。

「噢對，當然。你爸媽……你要跟我一起住一陣子對吧？」

我用微笑回應他，雖然感覺很糟。學校沒有放假，但老雷不會發現的，跟他說個善意的謊言應該還不算太糟。而且，真相實在太複雜了。

我一邊吃吐司，一邊思考今天的計畫。我很清楚要做什麼。

今天我要去找我的家人，還要找到怪獸。

★　★　★

老雷的牛奶喝完了，所以我說要去幫他買。最近的商店是火車站隔壁的迷你超市，離這裡大約八百公尺遠。這是一個秋高氣爽的明亮早晨，班克斯太太拿著垃圾桶走在院子裡的石板上，那個垃圾桶是怪獸最喜歡聞的東西。想起怪獸讓我感到一陣雀躍，我等不及要親牠毛茸茸的耳朵，還有看見當牠見到我時瘋狂轉動的螺旋槳尾巴了！我們有著最特別的連結，牠一定馬上就知道我是誰。

班克斯太太將垃圾桶砰一聲放到人行道上，我突然覺得她說不定知道怪獸住在哪裡。

　　「呃，不好意思。」我說，她隔著旁分的瀏海看我，「妳在這附近有見過一隻獵犬嗎？牠經常把舌頭掛在嘴巴外面。」

　　我以為她會說些不好聽的話，但她好像在認真思考。

　　「好像沒見過，你的狗走失了嗎？」

　　我點點頭，「算是吧。」我說。

　　「真可惜，」她說，「你要不要貼協尋公告啊？」

　　真不敢相信，她竟然這麼友善。

　　「嗯，好……也許是該這麼做。」我深深的看著她說。

　　「如果你想要的話，可以在我的柵門上貼一張，有很多人會停下來欣賞我的院子。」她驕傲的說。

　　我從沒聽過她的口氣這麼友善，真奇怪。我們停了一下、望向她的院子。

　　「紅鶴不錯喔。」我說，試著打破沉默。

　　班克斯太太望向那隻鳥，粉紅色在大太陽下更加顯眼。

　　「噢，謝謝你。」她看著我說，嘴出現了奇怪的動作——班克斯太太嘴角慢慢上揚，變成了一個微笑。我沒有看過她笑的樣子，實在太讓我驚訝了，所以我笑了出來。她立刻變臉，換上不高興的表情，手臂抱在胸前、瞪著我。

　　「你不用穿學校制服嗎？」她說。

　　「放假。」我說，並快步離開。

　　雖然沒講幾句話，但剛才是我跟班克斯太太最愉快的一次

談話，她並不討厭我！也許老雷是對的，這個世界沒有人討厭我，我可以成為我想成為的任何人。

我抵達商店時，有好多通勤族傻傻的拿著車票湧向車站入口，有位女士從我旁邊擠過去，她正在大聲講手機，大家都聽得見她的對話。

「如果馬德里要用那種價格賣出，那我們應該盡全力牢牢抓住，不是嗎，達米恩？」

不知道馬德里要賣什麼，不管是什麼，那個東西一定很大，因為要盡全力牢牢抓住。那位女士急忙穿過售票大廳，一邊扭動身子穿過人群，一邊避免把人撞翻。

一輛巴士到站，一堆西裝和手肘從門後冒了出來，也有人潮從另一邊的停車場走來。兩群人相遇時，有個穿著深藍色西裝的男人一陣踉蹌，手裡的手機飛了出去在人行道上旋轉、停在我腳邊。我在碎裂的螢幕暗下來前撿了起來。我拿著手機，繼續盯著它，心跳開始加速，我認得那張照片！是一個小女孩拿著棉花糖、坐在摩天輪的最高處，不過這張照片有點不一樣。我所知道的版本是，有個男孩坐在她旁邊扮鬼臉，應該算是毀了那張照片。我深吸一口氣，一雙俐落的黑皮鞋出現在我面前。

「可以把手機給我嗎？」

我抬頭後吞了吞口水，是爸，他就站在那裡。我看著他的臉，但他一臉茫然，根本不認識我。

「我……呃……嗯……」我結結巴巴的說，爸翻了個白眼

後伸出手。

「我的手機，麻煩你，拜託，我趕時間。」

我拿給他，他看見碎裂的螢幕後肩膀一沉。

「噢，真是太好了，才剛爆胎，現在又遇到這個，今天還會有什麼好事嗎？」

他直直的盯著我，額頭出現一些皺紋。他好像在等待我的回答，所以我聳聳肩。

「不知道，也許會有。」我說。

他嘆了一口氣，看看手錶後轉身，以一種似乎是小跑，但又希望看起來像走路的奇怪姿勢往火車站前進。他穿著深藍色西裝，我上次看到他穿得這麼體面是……是他在倫敦業務繁忙的公司上班時，當時我在念小學，那份工作讓他的健康出了大問題。

* * *

時間回到我們家還有錢的時候。嗯，也不是真的很有錢，但是不管是學校出遊還是我的運動鞋太小，我從沒見過媽變臉色。那時日常花費對我們來說很輕鬆，還去希臘度假過幾次，因為爸以前都有獎金，他的公司每年都會匯一大筆錢到他的銀行帳戶。但有一天，爸不再上班了，就這樣。就好像他有天早上醒來後沒有動力起床，所以決定不起床了。

媽悄悄打了很多電話，幫爸預約醫生；醫生開藥給他，他每週還會去看一種叫「諮商師」的醫生，去「跟他聊聊」。我

不知道他們聊了什麼，但幾個星期之後，爸在床上的時間沒那麼多了，開始做一些事情。他很喜歡待在戶外，所以有天我幫他在院子裡挖菜園。我說「幫」的意思是，當爸在做事時，我站在那裡問他問題。那時候我只有 6 歲，所以那些事我大概也做不好。

我記得我問了爸一些有關蚯蚓的問題，哪一邊是牠的頭，哪一邊是尾巴。

「我不知道，麥斯，」爸笑著說，「你得去查查書上怎麼寫。」

他把鏟子插進土裡，發出喀啦聲。他彎腰用手撥開一些泥土，然後撿起一塊紅色的磚頭，拍掉上面的土。

「你知道嗎，麥斯，諮商師有一天跟我說了一些話，讓我好好思考了一番。」他看著磚塊說，「他說擔心、不開心或迷失的感覺就像口袋裡有一塊很重的磚頭。」

我不發一語的看著爸，他蹲下看著手裡的東西。

「他說有時候那塊磚頭就像全世界最重的磚頭，重到你沒辦法邁出一步。」

爸站起來，繼續看著磚塊。

「但有時候，你的擔憂依然存在，就像口袋裡有塊磚頭，可是你不太會去注意到它，那塊磚頭感覺沒有以前那麼重了。」

我皺起眉頭，這對爸來說可能有點道理，但我完全無法理解。爸把磚塊丟到一邊，繼續挖土。我看了他一陣子，一邊思

考。

「爸，」我說，「你什麼時候要回去上班呢？」

他停下來，動也不動的樣子就好像雕像。我以為我說了不該說的話，但他站直後擦擦額頭。

「很快，麥斯，再幾個星期吧。」

爸繼續挖，我發現他的臉都皺在一起。我往地上一踢，看見一顆很大的鵝卵石，又白又光滑，我撥掉上面的泥土後把它放進口袋，繼續看爸。他的臉都紅了，眼睛溼溼的。

「爸，為什麼你要做自己不太喜歡的工作？」

他停下來把鏟子立在面前，手放在握把上。他擦擦額頭後看著我，微微露出笑容。

「你知道嗎，麥斯，我還真的不知道。」他停了一下，望向前方，看他這樣實在不怎麼有趣，所以我就跑去把白色鵝卵石放在房間的架子上。

那天過後不久，爸跟我們說他不會再回去做原本的工作了，做不喜歡的工作有什麼意義呢，然後對我露出一個大笑臉。後來爸到大學學習園藝，就是跟植物有關的東西，他說他很想當園丁。媽說我們的錢比以前少很多，但大人嘗試做自己喜歡的工作是很重要的事。媽說他們花很多時間工作，爸以前的工作讓他很不快樂。於是他白天努力念書，晚上到酒吧工作，通過了所有考試，最後如願買了一輛廂型車自己做生意，叫做「艾迪園藝」，他又開心了起來。

★ ★ ★

　　我看著這個版本的爸穿過人群。在這個世界，他好像還是在倫敦那間壓力很大公司上班，這代表他的健康又會出問題嗎？他為什麼沒有回到大學學習植物跟園藝呢？我看著他的後腦勺消失在人群中，我起身去商店買牛奶。

CHAPTER 22

全新的查理

　　老雷說我可以留著買牛奶剩下的零錢，所以我買了一枝便宜的牙刷，這讓我十分得意，因為我做了明智的決定，選擇我真正需要的東西。如果是以前的世界，我大概只會選糖果。一切都很不錯，回到老雷家時，我決定要繼續做新的自己。

　　「我在這裡的時候，能幫你做點什麼嗎？」我問他。

　　老雷想了一下，眼睛亮了起來。

　　「可以喔！」他說。

　　我露出笑容，但老實說我希望他拒絕，這樣我們就可以坐在沙發上看電視。我想在放學時去找貝絲，但還有好幾個小時。

　　老雷請我幫忙拆下客廳的窗簾讓他清洗，我站在椅子上研究該怎麼拆下來，老雷在下面接住窗簾，直到窗簾全部拆完、落在他的懷裡。然後我吸地板，老雷則是到處揮舞雞毛撢子。一起吃午餐後，老雷坐在扶手椅上跟我閒聊，我則幫他清理屋內的窗戶。

「你真是個貼心的孩子，麥斯，謝謝你。」

我在窗戶上噴灑清潔劑，再用抹布擦拭。我露出微笑，雖然「當好人」這件事有點困難，不過以前都沒有人說我很貼心。窗戶還是髒髒的，所以我把抹布摺了又摺，多擦幾次。擦完窗戶後，我轉身發現老雷已經在扶手椅上睡著了。時間剛過三點，該去找貝絲了。

我在下午三點二十五分抵達學校，放學鐘聲在三點三十分準時響起，校門也在五秒之內就打開，一堆穿著深藍色制服的學生湧向遊戲區。我仔細確認每一張臉，希望能看到貝絲，但完全沒有她的蹤影。我認出班上的幾個同學，包含馬可。他把另一個同學的頭夾在腋下前進，看起來就像夾著一個大包包，老師都不在附近。

「放手，馬可！」那個男孩大聲說，是怪咖查理。馬可東張西望，假裝不知道聲音從哪裡來。

「馬可！放開我！」查理又喊了一次。馬可聳聳肩，旁邊的同學開始大笑。

「喂！你！」我從樹後面出現大喊，直直走向欄杆，「放開他，你這個白痴！」

查理想抬頭看，但他的頭沒辦法動。

「你誰啊？」馬可不高興的瞪著我說。

「就是我！」我大喊一聲。我跟其他同學不一樣，我並不怕馬可，從來沒怕過。他繼續夾著查理的頭往我這裡走了幾步，有一小撮人開始聚集。

「來啊！」馬可說。我看見自然與科學老師湯森先生，他正好從會客區的大門走出來。

我靠近欄杆。

「如果你不放開他，我就跟大家說你二年級的時候尿褲子。還記得那個花盆嗎，馬可？」

他旁邊有幾個人噗嗤一聲開始大笑。

「什麼事啊？他說你的褲子怎麼了？」查理以奇怪的角度說。馬可握緊拳頭，但我發現他臉色蒼白。

「怎麼會？你怎麼知道？」他小聲的說。我咧嘴一笑，用一隻手指輕敲太陽穴。

我們上小學時，馬可媽媽會來找我媽一起喝咖啡，有一天晚上我不小心聽到媽把馬可媽媽跟她說的事情告訴爸。那顯然是一場「意外」，馬可來不及去廁所卻沒跟老師說實話，還想偷偷脫掉溼褲子、丟在教室角落的花盆裡。在大家注意到之前，老師就發現馬可在做這件事了，所以老師就叫他去廁所。這件事一直沒有曝光，但七年來我都知道馬可的尿尿小意外，我把這件事小心翼翼的藏在腦袋裡，準備在緊急時刻派上用場，而時機到了。

「跟花盆有什麼關係？」桑吉夫說。

馬可放開查理，他慢慢站直、捏了捏脖子後方。

「是啊，跟我們說嘛！」艾伯妮發出了像豬叫聲的笑聲，「我們好想知道喔！」她以前被馬可欺負過，看到他難堪的樣子特別開心。湯森先生過來查看，我又躲回樹後面。

「好了，你沒事吧？」馬可說，同時在老師抵達時拍拍查理肩膀上看不見的灰塵，「我明天早上再去找你。」

查理點頭，「好，明天見了，馬可。」

真不敢相信，他們是好朋友？查理和馬可？太荒謬了吧！查理撥撥頭髮，想讓剛才被弄塌的頭髮站起來。我仔細一想，查理的髮型跟馬可一模一樣，他竟然還想學他打扮呢！

我看了手錶，三點三十九分，我迅速掃視遊戲區，但還是沒看到貝絲。她會不會已經不念這間學校了？那我該怎麼辦？如果她不在這裡，我要怎麼找到她、媽和怪獸呢？

我看到幾個跟她同屆的女生，包括克勞蒂亞，在舞會上取笑貝絲穿著的就是她。大家都離開了，沒多久只剩兩個男生在踢石頭，然後被老師大吼要他們回家。星期一沒有課後社團活動，她在哪裡呢？有聲音從我背後傳來，嚇了我一跳。

「你是誰啊？你想做什麼？」

我轉向怪咖查理，他抓著肩上的背帶、皺著眉頭，就是他平常「裝勇敢」的表情。

「查理！」我說，「你好嗎？」我對他露出最友善的完美笑容，努力克制自己不要太常盯著他的頭髮。查理制服外套上的校徽有點剝落，有一部分的縫線被拆開了，馬可的也是這樣。

「你為什麼要跟著我？你去了我家，現在又來我的學校，你想做什麼？」查理緊張的東看西看，「你是不是《誰來整我》的人啊？」

《誰來整我》是一個電視節目，你可以故意讓朋友出糗、大家開心一下。其中一集是有個男生很想當歌手，所以他們就把攝影機藏在他房間，偷拍他照鏡子對梳子唱歌的樣子。隔天他跟朋友去電影院，但螢幕上出現的不是電影，而是他在房間唱歌的片段。設計他的朋友笑翻了，電影院裡的人也放聲大笑，那個男生也跟著笑，但從他的表情來看，他其實正在忍住不哭。

　　「你把我當什麼人啊！《誰來整我》？不！我才不會做那種事，」我說，「我跟你一樣討厭那個節目！」

　　查理露出困惑的表情。

　　「你怎麼知道我討厭《誰來整我》？」

　　「我只是……我……呃，」我吞吞吐吐的，「大家都討厭吧，不是嗎？」

　　「你是誰？」查理的手環抱在胸前走過來說。我突然有個想法，「我們上同一間幼兒園啊，記得嗎？我們是很好的朋友，每次都一起玩！」

　　不過我們其實並沒有上同一間幼兒園，我根本不知道他上哪一間，也不太記得自己的學校。

　　「是嗎？」他說，眼珠轉向右邊，想要搜尋有關我的記憶，「那我們都玩什麼？」

　　我不安的扭動了一下。

　　「噢，嗯，我們玩黏土……還有，嗯，在空地玩木頭做的迷你廚房玩具……還有，噢！我知道了，我們開著用腳推的那

種塑膠玩具車到處跑。」

查理露出笑容。

「我超愛那些種車子的。」他說。

「我也是！」我拍他手臂說，「那個老師……老，嗯，她叫什麼名字啊，我們一直都不會唸，你記得嗎？」

查理微笑點點頭，但看起來還是很困惑，「你說你叫什麼名字？」他說。

「麥斯。」我說。查理用手指摸摸嘴脣，一邊想。「不過那些都不重要啦，我是你以前的朋友，現在我回來了！我記得你，你不記得我，不過沒關係啦……」我聳聳肩，嘟起下脣。查理看起來很不自在，我常常用這一招——讓他以為自己惹我不高興來達到目的。他還是皺著眉頭。

「但我真的不記得，完全不記得。」查理說。他看起來有點難過，所以我面帶笑容看著他。

「別煩惱這個了，我沒有不高興啦！」我說，又打了一下他手臂，「嘿，你該不會剛好認識一個叫貝絲的十年級女生？」

查理的鼻子發出聲音。

「貝絲·貝克特？當然認識，每個人都認識她。」他說。我姊總會在集會的時候上台領「最佳歷史研究」獎，不然就是「學期表現優異學生」那種沒用的東西，他當然認識她。

「你知道她在哪裡嗎？」我問。

「噢，還早，留校察看還要二十分鐘才結束。」

「什麼？」我嗆到了一下，「什麼意思啊，留校察看？」

「貝絲‧貝克特要長期留校察看，因為學期初的時候她在美術教室的垃圾桶放火，全校都疏散了，還來了六台消防車呢！老實說，她沒像上次那樣休學我很訝異。」

「休學？上次？」我說。

「是啊，她那幫人挺不受控的。」查理翻了個白眼，「她同學克勞蒂亞也很壞。好了，我要走了，再見啦。」

於是查理轉身沿著馬路離去。

CHAPTER 23

不一樣的貝絲

　　這聽起來一點都不像我姊，而且克勞蒂亞對她這麼壞，貝絲還跟她當朋友，這怎麼可能，查理一定說得太誇張了，貝絲不可能那麼壞的。我了解貝絲，這聽起來根本不像她。

　　我看看手錶，二十分鐘到了，貝絲隨時都可能會出現。我認為我最好跟著她，弄清楚她住在哪裡，這樣我就可以知道媽好不好，再好好抱一下怪獸。這部分我不是很確定該怎麼辦到，但我真的很想很想見到我的狗。我靠著樹，看著遊戲區裡空空的洋芋片包裝被風吹過。風輕輕的吹，方向變來變去，彷彿不知道自己該往哪去。我看著包裝袋被吹向校門，突然被一隻棕色靴子踩住，就像被踩扁的蝴蝶。等我看清楚那是誰的腳，我的下巴差點掉下來。

　　是貝絲，她的棕色長髮綁成高高的馬尾，馬尾很緊，讓她的眼神顯得有些驚恐。她的制服領帶反綁，只露出比較小的那一頭。這麼做通常會被罰留校察看，但因為她已經在留校察看了，所以大概不會有什麼影響。她穿了一條超窄的黑色牛仔

褲，而不是一般的制服褲，更讓人驚訝的是，她臉上有好幾公分厚的橘色系濃妝。我看著她往左轉，驚訝得說不出話。

我跟上去，刻意保持一段距離，不過她忙著滑手機，本來就不會注意到我。

她抵達商店街後，走進了一間叫「糖果美妝」的店，招牌下方有亮紫色的泡泡字體寫著「一輩子的飾品」。窗戶裡有一堆又一堆商品，美妝刷具、蝴蝶結、髮夾、髮叉，還有一束束看起來像是從某個人頭上剪下來的長髮；店裡還有一排珠寶首飾跟一整面牆的化妝品。我站在窗邊，這種店貝絲是絕對絕對不會去的。

櫃檯小姐對貝絲微笑之後繼續服務其他客人，我看著她拿起閃亮的皮包仔細端詳、翻看不同的地方。她望向店員時，我一度緊繃了起來，等她放下皮包，我又鬆了一口氣。她接著走向化妝品，我移到視線更好的地方，看她拿起一瓶香水噴在手腕上，聞一聞後又放回去。她選了一些粉紅色指甲油，看看瓶底的小標籤再伸手抓頭，接著像變魔術般，那瓶指甲油不見了。

「什麼……」我說，瞇起眼睛在地上找指甲油的下落。

貝絲拿起另一瓶綠色的，然後一副在找價錢的樣子，再抓抓鼻子，咻——那瓶指甲油就跟粉紅色那罐一樣消失了。這次我看清楚了，她讓指甲油滑進制服外套的袖子，再用手指抓緊袖口不讓瓶子掉出來。她又拿了一瓶，這次是藍色的，然後使出消失咒，指甲油又不見了，就像個魔法小偷。她在店裡左顧

右盼，雙手都插進外套口袋，迅速走向門口。我轉身避開她的視線，尾隨著她。

我的乖寶寶姊姊竟然是小偷！真不敢相信！我跟著她過馬路，保持幾步遠的距離。她在想什麼？難道不知道被逮到會有多慘嗎？我們走到圖書館外面時，她突然停下來轉身。

「你為什麼跟蹤我？」她說。她皺了皺鼻子，眼睛瞇成一條小縫。

「貝絲！」我開始結巴，她的臉近看之下更橘了。

「你怎麼知道我的名字？你跟我同校嗎？」

我清清喉嚨。

「嗯……對。」我說。

她的眼睛瞇到都快閉起來了。

「所以呢？你想做什麼？」她說。

我不安的扭動身子。

「我只是……嗯……我在調查……學校的……是作業，我有事想問妳。」

她又瞪了我一眼。

「聽好，我沒心情玩什麼愚蠢的遊戲。」她垂下肩膀、仰起頭，接著轉身離開，走路時馬尾甩呀甩。

「貝絲！等一下！」我追上去。她轉過來，嘆氣時還翻了個白眼。

「妳可以回答一下我作業上的問題嗎？拜託？不然我會很慘的。」

她用鼻子大力呼氣後盯著地上。

「好吧，是什麼蠢問題？」她說。

「嗯……就是……妳養的狗是哪一種？」

她皺起眉頭，「就這樣？」她說。

我擺出一副認真的樣子。

「是啊，我們的作業是……嗯……調查社區的狗，嗯……地理作業。」

她又翻了翻白眼，這似乎是她的習慣動作。

「我沒有養狗，從沒養過，以後也不會養。這樣有回答你的問題了吧？你可以走了。」

她繼續前進，我跑到她旁邊。

「妳沒有養獵犬嗎？一隻很愛吃的獵犬？大概這麼高。」我說，一邊把手放到膝蓋的高度，「而且還有點味道，牠還有口臭。牠叫怪獸，或別的名字，反正是妳取的名字所以大概不叫怪獸……妳應該會叫牠別的，像愛因斯坦或尼爾森，因為妳……」

她看了我一眼，擺出不解的表情，但沒有說話。我們沉默的走了一段路後，她發現我沒有要離開的意思便停下腳步。

「你該滾了，怪胎，有聽到嗎？」她說。

「但妳還沒好好回答我的問題啊！那隻狗的事！」我說。

她把手環抱在胸前。

「有沒有養狗我會不知道嗎？」她說，「你有什麼毛病？怎麼這麼奇怪？」

我驚訝的看著她，難以置信，她竟然沒養狗。我意識到一件可怕的事，我怎麼會這麼笨呢？如果我沒有出生，那我當然就不會在那天拯救怪獸，就是牠倒在路中央的那天，所以牠一定被那台車撞死了。我的眼角冒出一滴眼淚，我趕快擦掉，貝絲皺了一下眉頭。

　　「你……你在哭嗎？」她說。我看著我姊，幾年前爸媽開始吵架的時候，我們會一起坐在樓梯上聽，她會摟著我說不會有事的，我好希望她現在可以這麼做。

　　「我沒哭。」我皺眉頭說，她便聳聳肩繼續走。

　　我還是對怪獸抱著一絲希望，我緊緊抓住這個希望。也許，我是說也許，那天有人救了牠，最後牠會跟爸住在一起，畢竟救牠這件事爸也有幫一點忙。雖然爸沒有把怪獸帶離馬路，但他開車載我們去獸醫院治療怪獸的腳。怪獸會不會活了下來，跟他一起住呢？也許機會不大，但我真的很希望怪獸沒事。我繼續跟過去。

　　「那妳爸呢？他有養狗嗎？」

　　貝絲發出嘆氣聲。

　　「沒有，他討厭狗！」

　　我吸吸鼻子，再抹一抹。

　　「他不是真的討厭，」我咕噥，「他很喜歡狗，他是為了激怒媽才這樣說。」

　　貝絲皺眉，「你說什麼？」她說。

　　我的腳在地上磨來磨去，沒有抬頭，「我只是說，有時候

人會比自己以為的還喜歡狗。」

可憐的怪獸，我好想大哭，好想把臉埋進手裡大哭。我感覺貝絲在瞪我。

「這個調查還真蠢，」她說，「而且你這個人真的很怪。」

「妳才是世界上最爛的小偷。」我說。

她臉色大變。

「什麼？」她大叫。

「我看到妳在那間店把東西塞進袖子！」我說，「妳為什麼要這樣做？一點都不像妳！」

她生氣了，我從沒見過她這麼生氣。她靠我好近好近，如果我們不是在公眾場合，她大概會揪住我的領子。

「聽著，我完全不知道你是誰，還有為什麼你覺得自己很了解我，但如果你跟任何人說指甲油的事，我就讓你生不如死，懂嗎？」貝絲說。她的臉只離我幾公分的距離，鼻子附近的妝有點裂痕，看起來像派皮。我退了一步。

「但那不是妳會做的事！」我幾乎大吼著說，「妳從不惹麻煩，那是我的專長！妳是好孩子！妳不會被留校察看或在學校放火，或⋯⋯或偷東西。妳都研究喬治時期或類似的無聊東西，而且還覺得很有趣！」

她斜眼看我。

「我不知道你在說什麼，」她說，「我對那種東西沒興趣。」

「是嗎？」我說，而且突然想起老雷櫃子裡的神祕木蛋，「我賭妳一定知道 M・賽勒斯特，對吧？」

我看到她眼裡閃過一絲光芒，但她沒有說話。

「或是……嗯……阿蒙……阿莫生……之類的，還有，嗯，艾爾哈特。妳一定也知道艾爾哈特是什麼，對吧？」

她露出得意的笑容。

「你應該問艾爾哈特是『誰』，而不是『什麼』。」她說完馬上閉緊嘴巴。哈！我姊還是有點興趣的。

「那這個人是誰？跟我說吧。」

她露出厭惡的表情。

「你沒聽過 Google 這個東西嗎？」她說。我們沉默了一陣子。

「我當然聽過，但我現在又沒有電腦，也沒有手機。」我說。

她打量我一番，好像我是外星人。

「你叫什麼名字？」她說。

「麥斯，麥斯・貝……就麥斯。」我說。

「好，這位『就麥斯』，你沒手機是你的問題，不是我的問題。」她說，然後繼續往前走。我沒有力氣追上去爭論了，所以我轉身準備走回老雷家。

這個世界爛透了，我姊好可怕，真的好可怕。我爸的工作讓他生病，而查理一心只想模仿別人。我忍住淚水，肚子一陣翻攪。

但最糟的是，我意識到我的狗可能發生了慘劇。牠躺在路中間那天我沒有出現，沒有去救牠。

我抹掉滑下來的眼淚。

我的狗，我人生中最棒的東西，不在了。

怪獸死了。

CHAPTER 24

媽的新生活

　　隔天早上，我驚醒過來，心臟在胸口撞擊，發出像老舊火車那樣的隆隆聲，接著我想到了原因——

　　因為我不存在了。

　　我希望自己沒有出生，然後因為某種無法解釋的原因，願望成真了。我望向老雷奇怪的櫃子，非常確定這件事跟那個奇怪的木蛋有關。一定發生了某件事，然後一轉眼，就像有人用橡皮擦把我擦掉了。

　　而現在怪獸死了。

　　我做了幾次深呼吸，就像以前在班上發脾氣時，老師叫我做的那樣。我的心跳漸漸從連發的機關槍變成穩定的怦怦聲。

　　我要做的就是想出那顆蛋是怎麼讓這種事發生的，然後逆轉一切。我會反轉「被擦掉」這件事，我會拯救怪獸，牠會繼續活著。

　　簡單。

　　我聽見老雷在廚房忙東忙西的聲音，所以我起身走向櫃

子，拿出那顆蛋後坐在沙發上搖一搖，裡面傳出喀啦聲。

「我希望可以繼續存在。」我閉上眼睛說。張開眼後直接望向壁爐台，但我幫老雷畫的那幅畫還是不在，我沒有回去。

也許這不是只有把願望說出來這麼簡單。我按下上面的小旋鈕，它再度喀啦一聲彈開。我拿出手帕，仔細看那顆銀色鈕扣，它十分精緻，不是現在的衣服上會有的。我把鈕扣放在手帕和方形厚布上，拿起那塊毛線織的東西。它是深灰色的，看起來有點像舊衣服的一小塊。

「啊，你找到阿蒙森的手指了！」老雷端著兩碗玉米片走進來。我放開那塊毛線織的東西，在褲子上抹抹手。

「他的手指？」我說。

老雷笑了出來。

「哦，不是真的手指，是他手套上的布料。他是……他……嗯……這個我記得，等等，讓我想一下。」

老雷把兩碗玉米片放在茶几上，皺著一張臉回想阿蒙森是誰。我把東西都放回蛋裡，喀啦一聲闔上它。

「沒關係，老雷，不用逼自己想起來。」我說，一邊伸手拿玉米片，「你有電腦或平板嗎？我想借用一下。」

老雷拿起玉米片，茫然的看著我。

「我是有切菜的板子，但我想你應該不會做菜吧，年輕的嗯……嗯……」

他在回想我的名字，我津津有味的嚼著一大匙玉米片。

「謝謝你的早餐，老雷，我爸媽說你人很好，他們不在的

時候我能跟你待在一起真是太好了。我爸說：『噢，麥斯，你會跟老雷相處愉快的。』真是一點也沒錯。」

我對老雷微笑，很高興我用了一個沒讓他感到不好意思的方法告訴他我的名字。老雷也對我微笑。

「麥斯！對啦，你是麥斯。」他用湯匙刮一刮碗，我們靜靜的吃早餐。

今天我有一件很想做的事，就是去看媽。我不是想跟她說話或嚇她，但也許我可以偷偷跟她回家，再確認一下怪獸是不是真的不在。我姊這麼可怕，她說她沒養狗，我實在不太相信。

最能見到媽的機會就是下午兩點時去她上班的地方，在外面等她換班。

「老雷，」我說，「待會我可以看看你的櫃子嗎？」

老雷看著我、露出笑容。

「當然可以呀！」他說，「裡面有很棒的東西，真的很棒。」

「那顆木蛋有什麼故事嗎？」我問，「就是可以打開，裡面有東西的那顆，你說你爺爺在越南打牌贏到的。」

老雷撫摸著一邊臉頰，靜靜思考，然後聳聳肩，看來他只記得這些了。

我們吃完早餐後，老雷到廚房洗碗，我在櫃子的層架上東看西看。在我看來，這些東西大多都是垃圾。底層有幾本書，其中一本吸引了我的目光，書名叫《瑪麗・賽勒斯特之謎》，

就是木蛋裡面刻的其中一個名字！我拿出木蛋坐在地上，書本放旁邊，然後按下旋鈕並拿出木蛋裡的東西，又仔細查看了一次那幾個名字。

M・賽勒斯特（M. Celeste）

沒錯，跟書名一樣！

封面畫了一艘船，是鼓著巨大船帆的舊式帆船。我翻到背面閱讀簡介：

1872 年，商船瑪麗・賽勒斯特號（*Mary Celeste*）被人發現漂流在大西洋上，船上空無一人，船體沒有受損也沒有打鬥的跡象。救生艇不見了，而糧食依然存放在櫥櫃裡。航行日誌的最後填寫日期是十天前，但發生了什麼事依然是未解之謎……

我感覺脖子後方的汗毛滋滋作響，那些人到哪去了？全都跳船了嗎？還是被帶走了？

我看著蛋裡的鈕扣、毛線「手指」、手帕和厚布，我仔細端詳每一個東西後拿起厚布比對書上的畫。我的肚子劇烈翻攪，手臂也激動得開始顫抖。我手上這塊髒髒的白色厚布跟彎彎的巨大船帆非常相似，難道我拿的是瑪麗・賽勒斯特號的殘骸嗎？

中午之前我都在翻那本書，但對於發生了什麼事，裡面沒有任何解答。最後一章的結尾寫道：「瑪麗・賽勒斯特號船員的失蹤事件是無法解開的謎團……」我也會跟他們一樣嗎？我也會變成解不開的謎團嗎？我把書本闔上並放到一旁，它讓我不寒而慄。

中午我們吃烤豆吐司，接著就到了該去見媽的時間。我跟老雷說我要出門辦事，很快就回來。

★　★　★

媽在小鎮外圍的診所工作，負責幫人「抽血」，雖然聽起來好像跟寫什麼東西有關，但其實是可以幫人「抽血液」的意思。

到診所的路途遙遠，但是走路也讓我有了思考機會。我很緊張，她還在那裡工作嗎？我想不到她還會在哪裡工作，因為她非常喜歡這份工作，但既然爸沒在當園丁，她說不定也會有點不一樣？

在我的記憶裡，媽一直都在做這份工作。我很小的時候她買了一套醫療玩具給我，教我抽血。不是真的抽血，我用的針筒只是一個胖胖的塑膠筒，上面沒有針頭。媽假扮病人，我負責抽血。她會坐在餐桌椅上，我盯著板夾，跟她確認姓名、住址和生日。那時候我還太小，不會認字或寫字，所以就點點頭，在紙上亂畫。我會叫媽捲起袖子伸出手臂，接著我假裝找靜脈，但是她總是有一條明顯的淺藍綠色血管。我用指尖拍拍

它，在手肘上面綁一條繃帶（讓靜脈變得更明顯），然後拿一張衛生紙擦拭她的手臂、清潔皮膚，最後準備好針筒。

「尖尖的東西要刺進去嘍，媽，我是說，貝克特太太。」我說，媽發出一陣笑聲。

我假裝抽血，接著要她壓住手肘內側的棉球，然後我再貼上真正的醫療膠帶。貼膠帶是我最喜歡的步驟。

「你真是溫柔又專業的抽血師。」媽說。

「我是最棒的『抄寫』師！」我會這樣說，媽就會放聲大笑。我以前很喜歡跟她玩這種扮家家酒遊戲，真希望可以回到那時候再玩一次。

診所比我印象中還遠，最後五分鐘我得用跑的才能在兩點鐘抵達。我到門口時她正好走進大廳，我露出笑容，她看起來一點都沒變！她把棕色短髮塞到耳後，一邊將包包甩到肩上，然後停在櫃檯跟一個男人說話，他們都笑了。她出來之後從我旁邊經過，我看著她把手放進大衣口袋，穿過停車場往馬路走去，我趕快跟上。

見到媽真是太棒了，我開始想是不是能跟她說幾句話，也許我可以假裝認識她，或是問她有關診所的事情？我加快腳步，臉上掛著笑容，但我看到媽對一個站在停車場入口的男人揮手，對方也跟她招招手。我慢了下來，我沒有見過那個男人，他穿灰色毛衣，外面還有一件鼓鼓的綠色背心。他對媽露出笑容，接著出現了可怕的畫面，讓我渾身不舒服。那個人展開雙臂，媽雀躍的迎向他，然後他雙手環繞著媽，給了她大大

的擁抱。媽的頭靠在他胸前，接著，彷彿這還不夠糟似的，媽抬頭吻他。

這可不是跟朋友打招呼的那種親吻禮。

而是真的用嘴脣接吻。

還親了很久。

「妳在做什麼啊，媽？」我悄悄的說。

他們親完之後，那個男人站直，並且對她微笑，彷彿媽是他見過最完美的人。媽挽起他的手，一起往鎮上走去。

我想吐。

她交了男朋友？我媽？我無法相信。好，爸媽是不開心好一陣子了，他們在家都盡量各過各的，但我從來不知道他們有在跟別人約會，從來沒有。

我離他們只有幾步遠的距離，但保持這樣的距離並不容易，因為他們實在走得很慢，好像一點都不急著要去下一個地方。媽說了幾句話，把臉靠在那個人粗壯的手臂上，他笑了之後便親她的頭。

「噢，拜託。」我抱怨得太大聲，那個男人轉頭皺眉，媽也轉頭過來。她迎上我的視線對我微笑，我也對她笑了，她認得我呢！就在我要開口打招呼時，媽轉了回去，兩人繼續前進。我的心一沉，她根本不認識我，我只是剛好跟他們走同一條路的孩子，對她來說我就是陌生人。

他們走到商店街，停在一間小餐館外看菜單，我從他們身邊走過。

我好糾結，所以停在餐館隔壁的義賣商店，假裝往櫥窗裡看，同時偷看媽和那個男人。他們坐在橘色的暖氣機底下，隔著桌子牽著彼此的手。我好幾年沒看到她這麼開心了，我不喜歡這樣，不是因為她很開心，而是因為她開心的原因是那個穿鼓鼓綠背心的男人——他看起來就像穿了救生衣。我聽見他們在討論要點什麼東西吃，那個男人點了素食千層麵，媽點的是豆腐炒飯。她跟爸在一起的時候從來沒有點過豆腐炒飯，她都是點漢堡之類的東西。

　　正當我覺得自己不能在這裡站太久時，媽走進店裡點餐。那個男人從背心口袋拿出手機開始滑，我沒想太多就走了過去、站在他旁邊，過了好一陣子他才注意到我。

　　「啊，我女朋友已經進去點餐了。」他笑著說。我不懷好意的笑了一下，他竟然以為我是這裡的店員！12歲小孩會在平日到餐館工作嗎？他怎麼這麼笨？真是個白痴！

　　「你女朋友似乎人很好。」我衝口而出，同時看見媽在收銀台前排隊。

　　「嗯，是啊，沒錯。」那個人用奇怪的表情看著我說，「我們認識你嗎？」

　　我哼了一聲。

　　「不，『我們』不認識我。」我說，然後發現這句話很怪，但我知道自己想表達什麼。

　　那個人點頭後聳聳肩，好像在說：「那你想做什麼？」

　　「你應該不知道她曾經弄死一隻刺蝟吧？」

那個人張開嘴巴，但又閉上。

「她輾過那隻刺蝟，」我說，「牠直直衝到車輪底下。」

「刺蝟？」他問。

「對，」我說，「牠像氣球一樣在路中間爆開，像這樣……砰！」我的雙手用力互搥，嚇得那個男人縮了一下。

「我覺得你應該知道這件事，因為你不吃動物。」我說。

「了解，」他說，「那她壓死那隻刺蝟之後有吃掉牠嗎？」

我露出厭煩的表情。

「沒有，當然沒有。」我說。那個男人很認真的看著我，有些老師想表現得比學生聰明時就會這樣。

「這種事情無法避免的，我相信大部分人都曾經開車壓過動物。」他說。他說得對，媽是不小心輾過刺蝟的，還哭著回家。

「不好意思，但是你為什麼要跟我說這個呢？」他說，身體往前靠。我看向店裡，媽正在櫃檯點餐，我得快一點。

「我只是想警告你，要小心她，」我往店裡點頭說，「她的小孩很恐怖，大女兒超級難搞，大概沒多久就會去坐牢了。她的小兒子，嗯，很不受控。她有說過她的小兒子弄斷了一隻紅鶴的頭嗎？用磚頭把牠的頭敲斷了。」

我沒有說那隻紅鶴是塑膠做的，那個男人看著我露出微笑。

「你還好嗎？」他親切的說，「需要我幫你打給誰來幫忙

嗎？」

我正想繼續說別的事，但媽打開餐館門朝我們走來。

「哈囉，你是丹的球員嗎？」她說，並坐在男人旁邊牽起他的手。

「球員？」我用低沉的聲音說。

「他的籃球隊呀，超級丹？」她說，然後看看我，又看看那位「超級丹」。我搖搖頭。

「應該是搞錯了，」超級丹對我露出燦爛的假笑說，「這個年輕人應該是把我們誤認成別人了，亞曼達只有一個孩子，我們家沒有砍斷紅鶴頭的奇怪小男孩。」他笑著說。他們住在一起？當他笑時，眼角出現了魚尾紋。

「不過，如果你有興趣打籃球的話，我一直很歡迎新球員加入『超級丹』，打什麼位置都可以，請你爸媽打電話到運動中心就可以了。」

媽笑了起來。

「噢，丹，不是每個人都想打籃球的！」她說，然後看著我，「他總是在挖掘新球員！」

「我就是喜歡看孩子跑來跑去、享受其中啊，就這樣。」他說。

他們望著彼此的眼睛，在對方脣上啄了一下。

我差點就要當場吐了。

「總之，」我大聲說，還拍桌子嚇了他們一跳，「我剛說了，丹，你應該認真想想……刺蝟的事……因為你吃素。」

我輕敲自己的腦袋，丹露出傻眼的表情。

　　我不安的扭動，因為不知道該怎麼好好問這件事，所以就這樣說了。

　　「你有養狗嗎？」我對媽說，「一隻有口臭的獵犬？」

　　超級丹笑了出來，並伸手握住媽的手。

　　「沒有，我們沒養狗。」他說，「你確定不需要我們打電話給誰嗎？」他冷靜的說，好像我是個瘋子。

　　「不，」我說，「不用打電話，謝謝。」

　　我轉身跑走。

CHAPTER 25

不喜歡的世界

　　可憐的怪獸，牠真的不在這裡，牠離開了，我什麼也做不了，無法帶牠回來；而媽跟超級丹在一起好像很開心，我為爸感到難過。我想見爸，確定他沒事，我也可以問他是不是有養獵犬，不過我已經不太抱希望了。我在鎮上到處走了幾個小時、躲在圖書館後面取暖，直到接近爸下班回家的時間。我坐在車站外的長椅上等待。

　　大約每隔二十分鐘，就會有列車從倫敦載來一批人潮，就像爸的手機掉在地上的那天早晨，只不過大家現在都往反方向移動，速度也沒有那麼快了。

　　又一批人潮散去後，一個孤單的男子慢慢穿過驗票閘門，走到外面的街道上。

　　是爸。

　　他臉頰紅紅的，眼睛下方有好大的灰色眼袋，額頭有許多紋路，看起來糟透了。我一點也不想看到他那樣，我努力想啊想，希望可以想出一些話讓他好過一點。我看著商店街，有了

一個想法。我跑過爸旁邊、停在花店門口，花店沒有開，不過沒關係，我不用走進去。爸離我愈來愈近，我跳到他面前。

「不好意思，請問你可以幫我一下嗎？」

爸皺眉往四周看了一下。

「嗯，好。」他謹慎的說。他近看起來更糟了，就像幾年前他不去上班時那樣。

「我媽的生日快到了，我想買花送她，你知道這是什麼花嗎？」

我指向花店窗上一張紅色花朵的照片，爸走上前去看。

「呃……是玫瑰。」

「啊……對，那粉紅色的那個呢？」我說，並指著櫥窗裡的花瓶。爸看著我，大概覺得我根本不知道自己在做什麼。「她喜歡粉紅色，我不想買錯。」

爸嘆了一口氣，然後往櫥窗裡看。

「那是大理花。」他說。

「大理花，太好了！哇，你真的很懂植物耶！」

爸聳聳肩。

「也沒有啦，這些很常見。嗯，祝你們慶生順利。」

他繼續前進，我跟蹌的跟在他旁邊。

「找跟植物有關的工作一定很輕鬆，對吧？我的意思是，如果可以在室外呼吸新鮮空氣，誰會想在沉悶的辦公室工作呢？」

爸斜眼看著我，然後停下腳步。

「等等，你不是前幾天幫我撿手機的人嗎？在車站外面啊。」我想開口說話，但又閉上嘴巴。

「嗯……不是吧？我應該不是，我不記得了，應該是別人。」

爸搖搖頭，轉身繼續走。我感到一陣糾結，然後繼續跟在他身後。爸因為工作壓力大而生病沒上班時，我們都會在院子裡聊天，我很確定是因為我說了那些話，他才會決定辭掉工作回去念大學的。或許我可以再試一次，於是我跟上他。

「你知道嗎，我想起有人跟我說過一句話，」我說，「跟工作有關的話。」

「是嗎，是什麼呢？」他說，但沒有看我。我感覺得出來他有點不高興。

「那個人說：『為什麼要做自己不太喜歡的工作呢？』」我用誇張的語調說。

爸停下腳步、轉過來面對著我，並笑了一下，但不是真心的笑，而是苦笑。

「是啊，但現實生活恐怕沒辦法。」

「可以呀！這個人……他其實跟你有點像，他討厭自己的工作、壓力很大，工作還……還讓他生病了。他的口袋裡有磚頭，但他有時候感覺不到……之類的……然後……當他發現這一切都不值得之後，他就辭職了。他去當園丁，說不定你也可以這樣，因為你喜歡像花這類東西。」

爸露出笑容。

「那很好，祝他好運，但我有房租和帳單要繳，還有……有時候人生就是無法稱心如意，你知道嗎？」

爸說完，就垂頭喪氣的離開了，這次我沒有跟上去。我看著他愈走愈遠，身影愈來愈小、愈來愈小。

我不懂，我曾經跟爸說了一樣的話，但這次他連想一下都沒有。為什麼沒有成功呢？而且我也沒有機會問他怪獸的事。

我得找到回去的方法，那裡一切都很正常，但首先我要弄清楚我為什麼會消失。這一定跟老雷櫃子裡的那顆木蛋有關，我很肯定。

我繼續走，看見兩個女生在商店外面，其中一個綁了高高的馬尾，我認出那是貝絲。她把手環抱在胸前、面對著另一個女生，是克勞蒂亞、她的死敵。我靠近一點，偷聽她們在做什麼。

「我不能進去，」我姊說，「那個人已經看過我好幾次，開始懷疑我了！一定要由妳來做。」

克勞蒂亞把肩上的頭髮撥到另一邊。

「少笨了，」她說，「這就是妳的用處啊，我才不要被逮到。」

克勞蒂亞靠近我姊，兩個人的臉只有幾公分的距離，接著咬牙對她說了一些話，但是我聽不見。貝絲低下頭，克勞蒂亞便揚長而去。

我姊轉頭發現了我。

「你在這裡做什麼？」她凶巴巴的說，「你是不是又在跟

蹤我？」

我搖搖頭。

「我……我有事想問妳，跟歷史有關，妳知道有個人叫阿爾蒙……阿蒙什麼的……我必須弄清楚他是誰。」

貝絲看我一眼後翻了個白眼。

「我知道又怎樣？你沒有別人可以問嗎？」

我想了一下、搖搖頭。

「沒有。」我說。

她突然嚼起口香糖來，口香糖剛才一定是被她塞在嘴裡某個角落。她厭惡的表情變成了笑容。

「這樣吧，如果你幫我做一件事，我就告訴你那些是什麼，好嗎？」

我盯著她不停咀嚼的嘴巴。

「要做什麼？」我問。

貝絲往周圍看了一下。

「我要你到商店街的某間店弄一個新的手機殼，有幫人維修的那間，你知道嗎？」

我點點頭。是一間很小的店，在藥局跟服飾店中間。

「明天去幫我弄一個來，我就告訴你『阿蒙森』是誰。」

她拿出口袋裡的手機，在螢幕上滑了一下，給我看手機殼的照片，它的背面有國旗圖案。

「一定要一模一樣的，不然交易就取消，懂嗎？」

我看著那張照片。

「不用我說你也知道，如果你被逮，那完全是你的問題，如果你跟別人說這件事，我會讓你後悔。午休十二點半在圖書館見，可以嗎？」

　　我又點點頭，於是她離開了。真不敢相信我姊竟然用「回答歷史問題」要求我幫她偷東西，太誇張了。

　　我努力忍住不哭，一邊慢慢走回老雷家。我不想繼續待在這個世界了，我想回家，回到那個我姊是書呆子，絕對不會偷東西的家。我想要爸回來做他喜歡的工作，也希望媽沒有交什麼蠢男友。我想看到我最好的朋友查理做平常、呆呆的自己。最重要的是，我想要我的狗，我想要怪獸活得好好的，然後給牠大大的擁抱。

　　我已經受夠這個沒有我的世界了。

　　我不想要消失。

CHAPTER 26

眼淚

　　我回到老雷家，從廚房門走進屋裡。電視開著，但是老人家已經睡著了，他的頭往後仰、嘴巴開開的，喉嚨發出鼾聲。

　　我站在那個老舊的櫃子前面，看著被我放在側邊的詭異木蛋。直覺告訴我，我的遭遇就是這個東西造成的，還是……上面有奇怪小洞的老地球儀？我把它拿起來看，我記得最後一次這麼做，是在百年舞會之後，那時候我很生氣，是這個地球儀害我消失的嗎？我把它拿在手裡、慢慢轉動著。

　　「我不想……我不想要消失。」我輕聲說，感覺自己好像白痴。

　　我拿著地球儀，接著上下搖了三次。我不確定為什麼要這樣做，但我覺得應該要試一下不同的方法。我深吸一口氣，把地球儀放回架上。

　　我有一種感覺，就像聖誕節早上會有的那種期待感。這代表發揮效果了嗎？

　　我丟下打呼的老雷，從廚房門跑出去，興奮的跑過走道、

衝向我家，一邊跑一邊計畫回家之後要做什麼。首先，我要好好搔搔怪獸，再認真親爸媽一下、擁抱貝絲，我很想再次看到她跟平常一樣。接下來我會跑去找查理，看他想不想出來玩，時間有點晚，他也許沒辦法出門，但我還是想看看他。但就在我轉彎回家時，我看見一輛陌生的紅色轎車停在車道上。

還有更糟的，

柵門還在。

幾年前被我弄壞的柵門還在原位，而且好好的。我踏上走道，從客廳窗戶往裡面看。我聽見音樂聲，上次在露台門口見到的那個男人正站著幫另一個穿白衣牛仔褲的男人倒紅酒，這個人說了一些話，他們仰頭大笑。

我轉身離開，沒被發現。

沒有用，陌生人住在我家，我的家人都變了，還有怪獸，我根本不忍心去想我的狗發生了什麼事。

★　★　★

回到小屋時，老雷在廚房裡。我跟他解釋自己是誰，他一邊聽，一邊從櫥櫃拿出一個罐子。

「要來杯可可嗎，麥斯？」他說。我點點頭，看著他準備飲料。

「老雷，你記得我問過你，如果你不存在這個世界上，你會做什麼嗎？就是當你消失了，但其他人都還在？」

老雷一臉茫然，但我繼續說。

「我知道這聽起來很誇張，但……但我覺得自己好像遇到這種事了。」

他點點頭，把飲料遞給我，我們走到客廳坐下。

「我覺得，應該是我在舞會闖禍後、來到你這裡才遇到這件事的。我害學校停電了，但是我不是故意讓自己消失的，不算是。現在……現在我想回去了，我想回去見我的家人，還有跟查理說他是我最好的朋友。我也想再見到我的狗，我想要牠活著。」

我的眼淚就要奪眶而出，所以我放下可可、開始啜泣。

「噢，天哪，」老雷說，「噢，我的天哪。」

我用手捂著臉，感受到老雷坐到我身邊時沙發陷了下去。一條老舊的藍格紋手帕出現在我面前，我接過來擦擦眼睛。

「我不知道該怎麼辦，老雷，我覺得跟那個櫃子有關，裡面有東西讓這件事發生了，我覺得是那顆蛋，像魔術一樣，我得……我必須逆轉它。你知道是什麼造成的嗎？」

「我櫃子裡的東西？」他輕輕笑著，「我覺得這不太可能，不是嗎？」

我聳聳肩。

「不知道，我只知道我必須回家。如果我不存在，我擔心我的狗會死，我想回家。」

我又哭了一陣子，老雷慢慢拍著我的背。

「沒事，沒事，我們會想想該怎麼做，讓老雷想想，我們會想出好辦法的，好嗎？我們一起思考該怎麼做，別擔心。」

他拍了我三下後突然停止，並站了起來。

「我知道可以做什麼了！」他爽朗的說。我趕快擤擤鼻涕，抬頭看他。

「做什麼？」我說。

老雷露出大大的笑容。

「來享用一塊美味的維多莉亞海綿蛋糕吧，這個辦法不錯吧？」

我的嘴張開又閉上，我又想哭了，但忍了下來。

「太好了，謝謝你……謝謝，老雷。」我說。他走去廚房，我拿手帕壓了壓眼睛。

CHAPTER 27

手機百貨

　　我看見怪獸躺在路中間，牠背對我，並在我靠近時抬起頭。牠的尾巴慢慢放到熱熱的柏油路上、舌頭懸在嘴巴外，好像在笑。

　　「怪獸？你受傷了嗎？」我說，我聽見引擎加速的聲音，並往路上望去，一輛車正在接近、速度愈來愈快。我看著怪獸，牠也還在看我，尾巴啪、啪、啪的在地上拍。那輛車直直朝牠衝過來，再不離開牠就要被撞到了！

　　我準備走下人行道，但我的腿動不了。我低頭看並試著抬起腿，但是兩條腿動也不動，彷彿運動鞋被緊緊黏在人行道上。

　　「怪獸！快離開！站起來！」我大喊，一邊努力移動。

　　我望向那台加速衝過來的車，我從窗戶看見駕駛在講電話，一邊看著後照鏡。

　　「怪獸！不！！！」我大聲尖叫，那台車發出可怕的煞車聲，我醒了。

我望著老雷客廳的天花板，心臟猛烈撞擊著肋骨。是夢，但感覺好真實。無法走下人行道拯救怪獸讓我痛苦萬分，我現在就是這種感覺，困在這個怪獸死掉的世界裡，因為我不存在。我必須回家。我爬起來到廚房煮水，想到今天要做的事就一陣反胃。今天不會有「好人麥斯」，我今天要到店裡偷東西。

整個早上老雷都在閒聊，但我沒有認真聽，滿腦子都在想要怎麼偷手機殼，還有該怎麼把世界變回原本的樣子。

我拖到最後一刻才動身前往商店街，抵達「手機百貨」時，我的肚子翻攪得更劇烈了。這間店很小，大概只有老雷家客廳的一半大，老闆坐在商店最裡面弄手機。我曾經跟媽來過這裡，她手機的喇叭壞了，我們看著老闆拆開手機、拿出一團毛絮，還說不用收錢，所以我認為他是好人，一點也不想偷他的東西。我在外面晃，假裝看窗戶裡的廣告，但我不能再躊躇不前了。門發出砰的一聲，我走進去，老闆的視線越過眼鏡落到我身上。

「午安，」他說，「需要什麼嗎？」

我把手塞進口袋對他微笑。

「我看看就好，謝謝。」我說。他挑一下眉毛後繼續回到手邊的事。

店鋪實在很小，所以「看看就好」大概只需要八秒鐘。我走向放手機殼的架子，慢慢翻到背面找有國旗圖案的。只剩一個，就掛在最上面的掛鉤上，我伸手把它拿下來。長得一樣、

大小也一樣，這就是我要找的手機殼。我看了老闆一眼，他繼續低頭做事，就在我要把手機殼放進夾克時，老闆突然開口。

「喇叭真不可思議啊，對吧？」他說。

我全身僵硬。

「你說什麼？」我說。

「喇叭啊，就是……這個小小的東西……」他用鑷子拿起一小片銀色的東西，「這小小的網狀物就是通往驚奇發現的入口。」

我眨眨眼。

「透過這個小方塊，你就可以聽最聰明的科學家討論宇宙奧祕，或是聽非常優美的古典音樂，也可以聽地球另一端舉行的板球比賽。仔細想想，科技真是神奇啊，不是嗎？」

「應該吧。」我說，手裡依然拿著國旗手機殼。

「就像我太太，她是開貨車的，總是在駕駛座播有聲書來聽，一聽就是好幾個小時，她超喜歡的！她看過很多書，但都不是真正的『看』，太奇妙了！」

他對我露出笑容，等我回話。

「我朋友會聽太陽。」我說。他的笑容僵在臉上，我怎麼跟他說這個呢？手機殼還在我手上，該不會要趁現在偷吧？

「太陽？」那個人說，「那是什麼？新樂團嗎？」

「不，是真正的太陽，他在網路上找到一些錄音，就是太陽磁場發出的……那類的東西，有人把它錄下來。」

那個人看著我。

「真是不可思議，你懂我的意思吧？你懂我的意思吧？」他瞪大眼睛重複著，「太不可思議了吧？恆星燃燒的聲音，太驚人了……太驚人了……」

他望向遠方，我把握機會走到旁邊，假裝看櫃子裡的整新機。我把手機殼滑進牛仔褲的腰帶，接著拉一拉夾克蓋住它。

「你知道十九世紀的時候，有人會做很小很小的音樂盒，把它放進項鍊墜子裡面嗎？很厲害吧？」

我看著他，吞了一口口水。音樂盒？老雷不就是這樣叫那顆木蛋的嗎？我開始飛快思考，愈想愈確定他說過那是一個音樂盒。而且，在我消失之前，盒子還發出了聲音，就像某種叮噹聲，讓我想起我姊的舊珠寶盒，然後我就把櫃子裡的東西都翻出來了，因為我要找老雷的畫。我把蛋弄壞了嗎？我確定它有掉到地上。

「不過啊，你要買手機殼嗎？」老闆說，「你要找哪種尺寸的？」

我感覺臉頰就快要燒起來，他開始仔細看我的臉。

「噢，我……我改變主意了。」我眨眨眼對他說。

他開口打算說些別的事情，我迅速轉身離開。

CHAPTER 28

圖書館

　　我走進圖書館時，館員從辦公桌抬起頭後又繼續看電腦。我四處走，在歷史區發現了貝絲。她坐在桌前看一本書，看到我時便迅速把書闔上。

　　「你弄到了嗎？」她輕聲說。我坐下並從夾克裡拿出手機殼，滑過桌面給她，她的表情似乎放鬆了一點。克勞蒂亞顯然有某種辦法可以掌控她，真是爛透了。

　　「現在輪到妳履行交易了，把妳對那個阿蒙什麼的了解都告訴我。」我說。

　　她看著我，並在開口前四處張望了一下。

　　「好，專心聽，我只說一次。」

　　我點點頭。

　　「羅爾德・阿蒙森是挪威探險家，他在 1911 年率領探險隊，想成為第一批抵達南極的人。他的隊伍成功了，率先抵達南極，非常了不起。」

　　聽她這麼說我有點印象了，好像曾經在電視上看過這件

事，節目裡有一張黑白照片，是一個人在雪中穿著厚厚的毛大衣，當時我還在想不知道毛大衣夠不夠暖。說不定那塊毛布料跟這件事有關。

「阿蒙森有遇到什麼事嗎？在南極的時候？」我吞了口口水問。

「沒有，他們平安的從南極回來了，但幾年之後阿蒙森參加了搜救隊，到北極幫忙尋找消失的飛船。」

她停頓了一下，但我有種會出事的感覺。

「阿蒙森的飛機沒有出現，」她說，「也沒有人找到阿蒙森跟他的隊員。」

我的身體一陣戰慄。

「就跟瑪麗·賽勒斯特號一樣，」我說，「他們也消失了。」

貝絲瞇起眼睛。

「你也知道那艘幽靈船啊？」她說，我點點頭。

「那艘船被發現在海上漂流，船員都不見了。」我說，「沒人知道他們到底怎麼了，無法解開的謎團。」

貝絲用口香糖吹破一個泡泡。

「我在書裡看到的。」我說。

她露出笑容。

「看吧，你不需要手機或電腦也可以知道。」她說。

我的頭快要炸了，這樣就有兩起失蹤事件跟那顆蛋有關了：瑪麗·賽勒斯特號和探險家羅爾德·阿蒙森。

「為什麼你會問這些啊？」她問。

我想找個理由，但最後我決定告訴她實話，一部分就好。

「我有個朋友有很多老舊的玩意，但他不知道那些是什麼，我就說要幫他查。」

「是怎樣的東西？」她換了一個姿勢說。

「嗯，有一小塊厚布，我覺得是瑪麗・賽勒斯特號的船帆。」我說。

貝絲哼了一聲，「你在開玩笑吧。」

她驚訝的表情讓我露出微笑。

「我沒有！他的客廳有個櫃子，」我得意的說，「裡面有手套的一截指套，我覺得是阿蒙森的。還有，嗯……某個人的手帕，但我不記得那些名字了，還有一個不知道是誰的銀色鈕扣。」

她盯著我看了一陣子。

「我可以過去看看嗎？說不定可以幫你確認那些東西。」

我露出笑容。

「沒問題！放學後過來吧，妳會愛死的！那裡面有各種老舊的東西，妳一定知道是什麼，因為妳很懂歷史又……」

她的表情突然變得很可怕，彷彿用看怪物的眼神看著我。

「我是說……妳看起來就像很懂歷史的人。」

她站起來，把書包甩到肩上。

「聽好，不准跟別人說這件事，知道嗎？」

「什麼？手機殼？」我說。

「廢話！」她說，並熟練的翻了翻白眼，「還有我在這裡的事，來圖書館，不准說出去知道嗎？」

我發現對這個版本的貝絲來說，被人看到去圖書館是很丟臉的事。我聳聳肩後給她老雷的住址。當貝絲回去上學後，我自顧自的笑了起來，我妹要幫助我回家了！

CHAPTER 29

老雷的舊櫃子

　　我回到小屋做的第一件事，就是去看那顆蛋。我看著它上面的木製小旋鈕，我想起來了！在我消失之前，我就把它當成手錶那樣轉動過，可是現在再試一次，它只是不停轉動而已，沒有發出聲音，也沒有音樂。我搖搖那顆蛋，裡面傳來有東西鬆掉的喀啦聲。我把蛋打開，發現中間有一個小小的方盒，發出音樂的機關一定就在這裡面，手機店老闆說音樂盒可以做得很小很小。我把蛋闔上，到窗邊等貝絲。我姊很聰明，她一定可以想出讓我回家的方法，我很確定。我不打算告訴貝絲我是誰或發生了什麼事，我只希望她能想辦法解釋這些事情。

　　沒多久，我就看到貝絲高高的馬尾出現在轉角，我到側門對她揮手，叫她過來。她看起來不太高興，但我猜可能是因為她又要在放學後留下來。

　　老雷在廚房用平底鍋煮水，旁邊有一包義大利麵和兩個碗。

　　「啊，麥斯，我正在煮晚餐呢，你的朋友叫什麼呀？」他

說。

「這位是貝絲，她是我的……我的……她叫貝絲。」

貝絲瞪了我一眼，看起來真的不太高興。

「妳要一起吃晚餐嗎，貝絲？我打算煮義大利麵。」

她轉向我，沒有理老雷。

「我們到底要不要去看那個櫃子？」

幸好老雷沒注意到貝絲這麼沒禮貌。

「我可以帶貝絲去看你櫃子裡的東西嗎，老雷？她對歷史很有興趣。」

我聽見貝絲嘆氣，但沒有看她。老雷對我們揮了揮手。

「當然可以！那裡有很珍貴的寶物喔，貝絲，不過要小心，把東西都放回原位好嗎，每樣東西都有它的位置。」

他轉身去弄那包義大利麵，我跟貝絲走向客廳。

「登登！」我的手往櫃子一伸，「妳看！妳一定等不及要好好看一看了吧？」貝絲哼了一聲，把手環抱在胸前、一副懶得看的樣子，但我看見她正在快速掃視架上的東西。我打開玻璃門，貝絲伸手拿起深棕色的地球儀。

「看起來真古老。」貝絲說。

「不知道那些小洞代表什麼？」我說，一邊看著她摸過非洲上面的小洞。

「我想這東西的主人會在去過的地方上打洞。」她說。

我笑著看她，她已經解開一個謎團了呢！但貝絲對我皺眉，把地球儀塞了過來。

「那塊船帆呢？」她說。她的心情一點也不好。

我拿起木蛋、小心打開，讓裡面的東西露出來。

「是音樂盒，機關應該在底部，但它壞了。」我沒跟她說是因為我生氣的把東西都翻出了櫃子。

「四個側面都有寫東西，有看到嗎？」我說。

「M・賽勒斯特。」她輕聲說，並指著刻在上面的文字。我把裡面的船帆拿給她，她用手指捏著這塊布、噘起下脣。

「這塊布如果用來做衣服或床單之類的一定會太厚。」她說，並拿起來、對著光查看，「而且它看起來非常舊，這種材質很強韌，有可能是船帆。」

她的眼神稍微亮了起來，我露出笑容。她放下那塊布，伸手拿手套碎片，再看看蛋裡面刻的字。

「阿蒙森。」她唸出來。

「我想這也許是他手套上的？」我說，我看見貝絲吞了吞口水，喉嚨上下動了一下。

我拿起手帕、遞給貝絲。她對著光查看之後，又看了看繡在角落的「A.E.」字樣，又看了蛋裡面的字。

「艾爾哈特。」她摸著刻痕說，我發現她的手在抖。

「這個東西……」她用有點顫抖的聲音說，「這真的是艾蜜莉亞・艾爾哈特的東西嗎？」她看著我，但我只是聳聳肩。

「我不知道，」我說，「她是誰？」

「她……她是個了不起的人。」貝絲說，並清了清喉嚨，「艾蜜莉亞・艾爾哈特是一位美國飛行員，也是第一位獨自飛

越大西洋的女性，是十足的冒險家！但 1937 年她要繞地球飛一圈的時候，在太平洋上失蹤了。」

屋子裡一陣沉默。

「她怎麼了？」我輕聲說。

貝絲把手帕拿得很近，仔細觀察上面的一針一線。

「沒有人知道，只能假定她墜海了，但都沒有找到她的人或飛機。」

我感覺雞皮疙瘩一顆顆冒了出來。她輕撫手帕，小心翼翼的摺好。

「最後一個名字是路易斯‧普林斯，是誰啊？」我問。

貝絲拿起小小的銀色鈕扣。

「我不知道。」她說，並仔細查看，「但我猜這是他的鈕扣，好像真的是銀製的。」

老雷走到廚房門口，嚇了貝絲一跳。

「義大利麵好了，麥斯，」他拍著手說，「你朋友也想來一點嗎？」

貝絲搖搖頭，老雷又回到廚房，我聽見他從抽屜拿餐具的聲音。

「我得走了。」她很快的說，並把蛋塞給我。

「妳不想看看其他東西嗎？」我說，「說不定裡面有很多妳都認識。」

她看看櫃子後皺起鼻子。

「都是些不值錢的垃圾，麥斯。」她說，「沒什麼好看

的。」

我不敢相信。

「什麼？可是妳前一分鐘還很興奮啊，妳在看艾蜜莉亞·艾爾哈特的手帕時還在發抖呢！我看到了！」

貝絲不高興的看著我。

「我沒有！你想想，麥斯，如果這些東西是真的，為什麼會被塞在一個老頭家的櫃子裡？就只是些垃圾罷了。」

我的心一沉，我真的以為她可以想出方法解釋這整件事、讓我回家。

「可是，這是妳最喜歡也最關心的東西啊！」我說，「這是歷史！『歷史未亡』啊，記得嗎？妳常常說這句話，妳還有一件這樣的 T 恤！」

貝絲用厭惡的眼神看著我。

「我這輩子從沒說過這種話，」她說，並且背起書包從廚房門走了出去，沒再多說一個字。

CHAPTER 30

查理家的門階

　　我整個晚上都在想貝絲說櫃子裡都是垃圾的事，也許她說得沒錯？但目前我發現有三樣東西跟消失有關：阿蒙森手套的一截手指、瑪麗·賽勒斯特號的船帆，還有艾蜜莉亞·艾爾哈特的手帕，這些都在那顆蛋裡，應該不是巧合吧？那顆蛋一定跟我消失這件事脫不了關係。

　　隔天早上，我決定讓怪咖查理成為幫我擺脫困境的下一個希望。他跟我姊一樣，既聰明又知道很多事情，尤其是科學，這件事背後應該跟科學有關吧？說不定他可以讓音樂盒又開始運轉？這次我要跟他說實話，我要告訴他我遇到的事情，我要說我就像被人擦掉了，而且，我需要跟他借一點衣服，我身上開始發出一些異味了。

　　我不想被人發現我又跑去學校，所以決定去查理家等他。他媽媽白天都要上班，所以不會有人問我奇怪的問題。我坐在查理家的門階上看著亂糟糟的院子，等他放學回家。

　　前院是查理和他媽媽在使用，後院則是這間雙層公寓樓上

的人在用。我們 7 歲時，我想了一個「豪華越野山道」的遊戲，可以在空蕩蕩的花圃裡玩。我們問了查理媽媽，她說只要把弄髒的地方清乾淨，她就不管我們怎麼玩。我們從院子的一側裝了一桶又一桶的泥土到花圃裡，把它堆成一座巨大的土堆，再用粗樹枝挖出一圈又一圈的越野車道。查理在山頂插了一片大樹葉，說那是起點，接著我們就在車道上推著玩具車前進，一邊發出像是引擎運轉的聲音。查理知道所有車子的廠牌和型號，總是把最快和最酷的車讓給我，不過其實應該是我逼他的。我大概逼他做了很多他不想做的事，我就是那種「朋友」，不太好的朋友。

我們玩「豪華越野山道」幾次之後就沒興趣了，但那座土堆依然堆在那個角落，幾年下來，那座「山」已經長滿了雜草。

我望向院子的那個角落、撫著臉頰，被我們堆滿泥土的花圃現在很平整，但我已經不再驚訝了，這就是事實：我沒有存在過，所以也就沒有「豪華越野山道」這個想法，沒有人堆過那座山，腦中的那段記憶也只有我一個人有。沒有人跟我一起經歷過我的過去，一個人也沒有。想到這裡就讓我覺得好寂寞，非常寂寞。

我深深嘆了一口氣，當我再度抬起頭時，發現怪咖查理朝我走了過來。

「你在這裡做什麼？」他說。他的頭髮依然是豎起來的，領帶也解開掛在脖子上。

我跳起來拍拍屁股。

「查理！真高興又見到你！」我說，試著讓自己聽起來很友善。我對他微笑，但他一臉不高興。

「我知道我一直出現有點嚇到你……但我需要你的幫忙，可以讓我解釋嗎？」我說。

查理望著我，眼睛瞇成了線。

「不可以。」他說。他翻找書包，拿出鑰匙插進門鎖。

「真的，我要說的事情你一定會很喜歡！你知道自己有多喜歡自然與科學吧？那些星球啊、怎麼運作啊，還有……聲波，嗯……對……之類的。這些你都喜歡，也覺得很有趣啊，相信我，我接下來要說的一定會讓你大吃一驚！」

我對查理發動微笑攻勢，但他完全不為所動。

「你是什麼意思？自然與科學是我最差的一科，我討厭科學。」他說，接著開門走進去，「請你離開好嗎？我根本不認識你。我媽馬上就回來了，她不會想看到你在這裡的。」

我走近一點。

「不，她不會，你媽媽要六點才下班，至少要六點三十分才會到家。」

查理皺起眉頭，我繼續說。

「我知道這聽起來很誇張，但有件事……你最好有心理準備，這可能會嚇到你。」

查理挑起眉毛。

「這件事就是……不知道為什麼，我真的不知道那時候怎

麼會……我……嗯，成功的……讓自己消失了。」

查理望著我、舌頭在上嘴脣內側掃過並嘆了口氣，他竟然一點反應都沒有。

「你很驚訝！我看得出來，」我說，「我知道，這簡直瘋了對吧？但這是真的，在我以前的人生裡，我們是最好的朋友，我跟你！你呆呆的，而我經常惹麻煩……嗯……總是搞砸事情，我不小心弄斷了你的鼻子，也毀了學校的舞會，那本來會上電視的……現在那些都不重要了，我不知道怎麼做到的，但是我許願希望自己沒有出生，然後我就消失了。不是真的消失，我人還在，但大家都不認識我了，我真的沒出生過，你相信嗎？」

我不安的笑了起來，吞了吞口水，查理盯著我，什麼也沒說。

「我想你也許可以幫我。」我小聲的說。

他還是盯著我，然後靠著門框深吸了一口氣。

「我不知道你編出這個故事有什麼目的，但我不會上當，好嗎？」

我的心一沉，這是我最後的希望，而且一點都不順利。

「查理，我說的是實話，我發誓。」我含著眼淚說，「你知道這是怎麼回事嗎？可以告訴我嗎？我該怎麼辦？我要怎麼回去？」

查理皺起眉頭。

「你該怎麼辦，讓我想想……」他說，「真是為難啊。」

我就知道！我就知道他聰明的腦袋會有辦法的！我露出微笑聽他說。

「我知道了，不如你離我遠一點別再回來吧？這也算得上一個辦法吧？」他說，「離開這裡回家去吧。」

他準備關門，但我伸手阻止他。

「可是……可是我沒有家。」我大聲說。

他放開門。

「拜託，查理，」我說，「我不是在開玩笑，我沒有人可以問了，沒有爸媽、沒有朋友、沒有其他大人，一個人都沒有。拜託，我真的遇到麻煩了，很大的麻煩，需要你幫忙，我需要你幫我！」

我緊握雙手好像在乞求，他的眼神有點動搖。

「我們是很好的朋友，查理，最好的朋友！你一定要相信我。」

查理看著我，好像沒有生氣，而是替我覺得丟臉。他深呼吸後走近了一些，我也靠近了一步。

「少煩我，你這個怪咖。」查理說，並在我面前甩上大門。

我不敢相信。

我轉身頹坐在門階上，現在該怎辦？老雷無法理解，我姊太可怕無法溝通，如果我跟爸或媽說這件事，他們大概會報警，那我又會被帶到哪裡去呢？沒有用的。查理是我唯一的希望，我必須讓他相信我。

我跪下來，小心用手指推開門上的送信口，我看見查理的後腦勺，他坐在地上解開鞋帶。

　　「我很快就會離開、不再煩你，我保證。但在那之前請你聽我說，我知道這很難相信，但……就聽聽看好嗎？」

　　查理坐著不動。

　　「你6歲的時候跟親戚去溜冰，弄傷了手腕，然後就打石膏上學，大家都想在上面寫字，大衛‧彼得森用很粗的黑筆寫『查理是白痴』，你就在『是』前面擠了一個『不』進去，但你還是很不高興。」

　　我眨眨眼，繼續從送信口看著他。

　　「如果我不認識你，我怎麼會知道這件事呢？」我說。

　　查理慢慢轉過來，但還是皺著一張臉。

　　「誰都有可能跟你說這件事，」他說，「這算不上什麼祕密，你說不定跟我同學打聽過，他們可能跟你說了一百件事，甚至一千件事。」

　　他說得對。

　　「好啦，好啦……」我大喊，「我已經很努力了，好嗎？我想讓你相信我，但我不知道要怎麼做！」

　　查理搖搖頭。

　　「你真的不太聰明，對吧？」他說。以前的查理絕對不會這樣跟我說話，但在這種時刻我也不在乎了。「聽著，如果你想說服我，就要說只有我跟你才知道的事情，如果像你說的，你是我最好的朋友，那說不定我會讓你知道一些事情，而且只

跟你說，這才算證明。」

這就是我需要查理幫忙的原因，他很聰明！我開始拚命想其他事情。

「嗯……好，我在想了……嗯……你最喜歡鹽醋口味的洋芋片？」

查理哼了一聲，「可憐哪！」他說，並踢掉一隻鞋子，「說不定這只是你幸運猜中或從哪裡聽來的。」

「嗯，那你見過最稀有的鳥是夜鷹呢？你跟你爸在薩福克的自然保護區看到的，那次輪到他跟你一起過週末。」這件事他滔滔不絕跟我說了好幾天。

查理又脫掉另一隻鞋。

「是沒錯，」他說，「但一樣，你可能是從我爸媽那裡聽來的。還有，賞鳥很無聊，我會去是因為我爸逼我去的。」

這倒是一個開始，雖然很糟。我認識的查理超愛賞鳥的。他站起來。

「時間到了，」他把手環抱在胸前說，「請你離開，不然我要打給我媽了。」

「等一下！我應該有三次機會，這種事不是都有三次機會嗎？童話故事都是這樣寫的！」

查理透過送信口怒瞪著我，我的手指因為撐太久而開始痛了。

「那你說吧，小矮人，」他取笑我，「最後一次。」

我努力想，這必須是我對查理的記憶中最棒的一次，我得

答對才能救怪獸，我必須回家拯救我的狗。

「好，我可以。」我大聲說，並清清喉嚨，「你在房間床頭板背後畫了一個愛心，裡面寫『查理愛雅各小姐』。」

查理臉色大變。

「你喜歡我們五年級的老師！你跟我說過這件事，還在我到你家過夜的時候給我看。」

我繼續說。

「你說你喜歡她的長髮。」

「但我沒有跟任何人說過這件事，從來沒有。」查理說，驚訝的張著嘴巴。

我透過送信口對他笑，「你有，查理，就是我！我沒跟別人說喔，因為雖然我不是世界上最棒的朋友，但我還是會保守祕密的，尤其是這麼讓人害羞的事。」

查理走過玄關，我站了起來，膝蓋因為跪在冷冷的水泥門階上而顫抖。門打開了，查理站在那裡，嘴巴還沒闔上。

「噢，我又想到一個。」我說，「大概 8 歲的時候，有天你在班上跟我說你『肚子動』，我那時候想，『肚子動』是什麼東西？然後我才發現你是說『肚子痛』，你以前都會說錯，還覺得很不好意思，因為你明明就很聰明。你叫我不要跟別人說，我就沒有說了。」

我笑著看他。

「真奇怪……是啊，我以前的確會說『肚子動』。」然後他皺起眉頭，「但我一點也不聰明，這部分你說錯了。」

我搖搖頭。

　　「在我的世界裡你很聰明啊，你知道很多奇怪的東西，你對什麼都很有興趣。以前在學校時，你還因此被其他人找麻煩，但我跳出來幫你，所以大家就放過你了。」

　　他笑了，雖然只有微微的，但還是笑了，他總算接受了我說的某些話。

　　「所以……你說你消失了？你不想繼續存在，所以就……什麼？從你的人生中消失了？」

　　我點點頭。

　　「你是我認識的人裡面最聰明的，如果有人能幫我，那一定是你。」

　　查理咬著下脣，看起來有點茫然，接著突然打開大門。

　　「這不代表我真的相信你……但你還是進來吧，而且不要再說什麼聰明的事了，好嗎？我不聰明。」

　　「好，查理。」我說，並走進他家。

CHAPTER 31

坦白

再次走進查理家的感覺真好，一切都跟記憶裡的一樣。

「你有東西可以吃嗎？我餓死了。」我一邊脫運動鞋，一邊說。查理媽媽的廚藝最棒了，她會做香辣的咖哩餃和一種叫印度烤餅的小餅皮。查理走去廚房，拿了香腸捲、一瓶果汁、兩個杯子蛋糕和一根香蕉。

「噢，」我看著那一盤食物說，「有你媽做的東西嗎？」

「別得寸進尺。」查理說。

我聳聳肩，把香腸捲塞進嘴裡。

「我們可以去你房間嗎，怪咖查理？」我含著咬了一半的香腸捲說。

他往我手臂捶了一拳。

「你叫我什麼？」他瞪著我說。我揉一揉被捶的地方，真痛。

「抱歉，在我的世界裡，我就是這樣叫你的，不是故意罵你，其實算是讚美，因為你很聰明。」

他看著我，眉頭依然皺著。

「不准再這樣叫我了好嗎？永遠。」

「好，好。」我說，並且離他遠一點。

「到我房間吧，你可以從頭開始說。這不代表我相信你，我只是想看看你還有什麼要說……」他皺著眉說。我拿了更多香腸捲並對他微笑，但他沒理我。

★ ★ ★

查理的房間跟我印象中完全不一樣，我所知道的那個房間非常整齊，書架上有排列整齊的科學書籍，書桌上有兩個文件盒，標著「待寫作業」和「已寫作業」。

這個房間簡直一團亂，書架上塞了揉成一團一團的紙、空飲料罐和用過的杯子，課本、洋芋片包裝和七個空盤子散落在書桌上，即使是我的房間也沒有這麼亂。我認出書桌下的地板上有一堆百科全書，那是他 10 歲的生日禮物。我記得那時候我告訴查理，他可以把書拿去店裡換更好的東西，但他說其實這個禮物是他指名要的，我還罵了他一頓。可是現在那堆書上有一層厚厚的灰塵，讓我覺得很難過。

我坐在床邊，開始跟查理說老雷和櫃子的事，還有那顆塞了一堆怪東西的雕刻木蛋。我也跟他說了那塊詭異的船帆、阿蒙森手套的一小塊布，還有艾蜜莉亞・艾爾哈特的手帕。

「還有一個東西，」我說，一邊用吸管吸柳橙汁，「有個銀鈕扣，但不知道是誰的。」

查理望著我，看起來不太相信我的樣子，也不太感興趣。事實上，他好像在等我把話說完，這樣就可以打發我。

「你覺得怎樣？」我說，「要帶你去老雷家看看嗎？等你看了那些東西也許就會有點想法。」

查理聳聳肩。

我吃完第二個杯子蛋糕，掉了一些碎屑在衣服上，我順手把它拍掉——這提醒了我一件事。

「我可以跟你借衣服嗎？我只有這套，有點臭了。」我說。

查理噴了一聲，接著打開抽屜丟給我一件黑色套頭毛衣，雖然跟我的穿衣風格不一樣，但也只能這樣了。

「謝了。」我說，然後脫下臭臭的毛衣，在 T 恤外套上乾淨的衣服。

查理靠著書桌、皺著一張臉。

「我並不是說我已經相信你了，但假如這是真的，還有哪些地方不一樣？」他說，「你說我很聰明，還有呢？」

我坐在床上。

「到處都不一樣，學校很破舊、我爸媽離婚了、我姊是貝絲‧貝克特，她在這個世界根本就是個可怕的流氓。」

查理瞪大眼睛。

「貝絲‧貝克特是你姊姊？天哪！」

我點點頭。

「但她在我的世界裡不是那樣的，而且完全相反，她是最

討人厭的乖寶寶，從來都不會做錯事的人。她昨天來看櫃子裡的東西，在我的世界裡她很懂歷史，但在這裡她假裝不懂，她其實懂很多事情的。」

查理摸摸眉毛，「真是難以置信。」他說，但我沒有理他。

「我爸還在做那份工作，壓力大到都生病了，看起來就快要炸開了。而我媽……我媽看起來很快樂，但她交了男朋友。」

我們都露出厭惡的表情。

「你有試著跟他們說這些事嗎？」

我搖搖頭。

「沒有，你能想像嗎？『哈囉，雖然妳不認識我，但我是妳的兒子，因為我不小心讓自己消失在這個世界上了。噢，我可以跟妳一起住嗎？』不可能的，他們會報警。」

查理點點頭。

「還有，」我試著忍住哽咽的聲音說，「我有一隻叫怪獸的狗，是一隻獵犬，牠差點被車輾過時我救了牠，而現在……現在我到處都找不到牠。」

查理點點頭，「是啊，牠應該是死了。」

「噢，還真是謝謝你的解釋。」我說。

查理聳聳肩，「抱歉，麥斯，但這個世界沒有你、無法救牠，牠就沒辦法活下來了，對吧？怪獸死了，你做過的所有事情在這裡都沒發生過。」

至少他好像開始相信我了。

「所以，要去嗎？看看那個櫃子？」我說，「我真的覺得以你的聰明才智，你可以幫我。」

查理站了起來。

「好吧，但我跟你說，別再提什麼『聰明才智』之類的，可以嗎？就像你說的，這裡不一樣。」

CHAPTER 32

普林斯的銀鈕扣

前往老雷家的路上，查理又問了一些問題。

「那我呢？你說我很聰明，我在你的世界還有什麼不一樣的地方嗎？」

我把手塞進口袋。

「有啊，還有一些。」

查理露出笑容，又往我的手臂捶了一拳，這麼做真的很討厭。

「說啊，告訴我，我是怎樣的人？」

我聳聳肩。

「不知道耶，就是不一樣，你的髮型不一樣，我覺得，你比較……像你自己。」

我最好的朋友哼了一聲。

「我應該不是什麼蠢蛋吧？」他笑著說，「你能想像我呆呆的樣子嗎？哈！」

我在心裡想：可以啊，你就是，而且我比較喜歡那樣的

你。

我踢了一顆石頭，它從某個院子的圍牆反彈到查理的腳前，他往石頭踢去，但沒踢中。至少他的運動細胞還是一樣。

「在我的世界裡，你從不跟馬可混在一起，這倒是真的。我不懂為什麼你會跟他當朋友，在那裡你超級討厭他。」

查理聳聳肩。

「我跟馬可是兄弟。」

我噴了一聲。

「是嗎？當著全校的面把你的頭夾在腋下的兄弟？」

查理勉強擠出笑容。

「啊，那只是鬧著玩的！」他說，還刻意笑了一下，「馬可就是這樣，他總是這樣鬧，很有趣。」

我哼了一聲。

「我可沒看見有人覺得有趣，你有嗎？在我的世界裡，你很喜歡科學，還參加科學研究社，讀很多深奧的書。」我說，「你最近迷上了太空，喜歡拿耳機給我聽一些錄音。」

「音樂嗎？」他說。

我笑了出來。

「不是，都不是聽正常的東西。有科學家錄下太陽發出的聲音，前幾天你放給我聽，那聲音真的很怪。」

查理的眼睛一亮。

「太陽發出的聲音？哇，原來他們可以這樣做……不過這應該是可行的……」

查理的額頭皺了起來，當他認真思考的時候就是這樣，但他發現我在看他時，便動了動肩膀，彷彿想甩掉真正的自己。

「我們快點去看他的櫃子吧？」他加快腳步說，「看能不能讓你離開這個世界。」

★　★　★

抵達老雷家時，老雷正在廚房洗東西，他有點不能理解我到底是誰，但我馬上提醒他。

「這是我朋友查理，」我說，查理在旁邊似乎有一點防備，顯然不喜歡我叫他朋友，「我跟他說，他可以來看櫃子裡的東西，像貝絲那樣，可以嗎？因為他有個作業……」

我聽到查理在我旁邊嘆了一口氣，但老雷露出微笑，點點頭後便繼續洗東西。

「他怎麼了？」查理在我們走進客廳時說。

「他的記憶有點問題，」我說，「就像他的腦袋是一台電腦，裡面的東西不小心被清掉了，他找不到某些檔案。」

查理點點頭表示理解。我打開櫃子，他看見「乾人頭」時眼睛一亮，並把它拿出來仔細查看。

「我覺得這是一隻舊鞋子。」我說。

「一隻有頭髮的鞋子？」他瞪大眼睛看著我說。我露出嫌棄的表情，查理將它放回架上。

「真正特別的東西在這裡。」我說，拿起木蛋並把它打開。我給他看那塊船帆，他知道瑪麗・賽勒斯特號，他拿起船

帆時眼睛都要掉出來。接著我讓他看阿蒙森的手套殘骸和艾蜜莉亞‧艾爾哈特的手帕，這時他已經快要不能呼吸了。

「真是不可思議！」他說，一邊仔細看每一樣東西，「這些東西……是……真是無價之寶，應該要放在博物館！」

「很棒吧？」我笑著說，「我真的覺得這些東西跟我消失有關，你覺得呢？」

查理馬上點頭。

「讓我看看那顆蛋吧？」他說。我們坐在地板上，把打開的蛋放在面前，查理仔細檢查每一瓣零件和上面的字。「路易斯‧普林斯，」查理讀到最後一個名字，「他是誰啊？」

我聳聳肩，說：「不知道。」查理拿出口袋裡的手機搜尋這個名字。

「找到了，路易斯‧普林斯是法國藝術家和發明家……」

他把手機轉過來，給我看一張黑白照片，是一位留著鬍子的男人，手放在高帽上，看起來很聰明。查理往下滑動頁面。

「他發明了攝影機，哇，我怎麼從來沒有聽過這個人？這裡說他在 1888 年錄製了第一部影片。」

他不斷滑動頁面，然後停下來。

「等等，你聽這個。1890 年 9 月 16 日，路易斯‧普林斯在法國搭上一班前往巴黎的火車，火車到站時普林斯已經不見了，行李和人都不在火車上或沿線鐵路上，再也沒有人見過他。」

我感覺臉上的血都流失了。

「那就有四起失蹤案了，四起！」我說，「但這有辦法讓我回去嗎？」

查理收起手機。

「事情發生的時候，你在這顆蛋附近嗎？」他問。

「是啊！我拿著它！而且我確定它有發出聲音，裡面有個音樂盒。」

查理看著中間的小盒子並輕輕搖一搖，發出喀啦喀啦的聲音。

「聽起來好像壞了，你有試著修理嗎？」

我看著查理，「你覺得呢？」我把手環抱在胸前說，「我哪有這麼厲害，都把它弄壞了！」

查理瞇起眼睛看那顆蛋的中心。

「我們得試著打開，看看裡面的狀況，上面有很小的金色螺絲。」

他挺起身子。

「太小了，不能用一般的螺絲起子，」他說，「要用砸的把它打開嗎？」

「用砸的？那我就永遠回不去了！」我說。

查理嘆了口氣。

「抱歉，麥斯，我不知道該說什麼，你需要找有特殊工具的人幫忙。」他說。

我望著他、露出笑容。

「怎麼了？」他說。

我馬上把東西放回蛋裡，從地上爬起來。

「我知道誰可以幫忙！」我說，「來吧！」

CHAPTER 33

手機店裡的男人

　　我跑到商店街，然後慢下來用走的。我突然想到店裡那位人很好的老闆可能認得我，他可能已經發現手機殼不見了，而且覺得這件事跟我有關。萬一他報警怎麼辦？可是我真的需要他的幫忙，我得冒這個險。

　　「怎麼這麼急？」查理追上來說，「我們要去哪裡？」

　　「手機百貨，我們要在他關店前抵達。」我說。我跟老雷說要送查理回家，但是沒有說我把蛋也帶出來了。

　　查理似乎有點狀況外，沒在聽我說話。

　　「那真的是艾蜜莉亞·艾爾哈特的手帕嗎？」查理說，「真不敢相信！」

　　他看起來很開心。

　　「還有阿蒙森的手套！哇，應該要拿給專家看看，說不定他們可以測試，鑑定一下年份是否吻合，你不覺得嗎？」

　　我關心的可不是這些。

　　「老實說，我不太在乎這些，我只想回家，而且我不確定

能不能做到。我的狗死了，查理，因為沒有我去救牠，我必須回去。」

我們來到手機百貨，裡面的燈正巧熄滅。

「快，他要打烊了！」我說，並推開店門。那個男人正帶著一大串鑰匙朝門口走了過來。

「抱歉，小伙子，我要關門了，明天早上八點再開。噢，是你啊。」他說。我望著他，屏住呼吸等他繼續說。他的臉上帶著笑容，沒再說話，我鬆了一小口氣。

「抱歉打擾你，但我需要你幫忙。」我說，「我有一顆木頭蛋，是一個音樂盒，我必須修好它。」

他穿上夾克、拉上拉鍊。

「音樂盒是嗎？不曉得你有沒有注意到，這裡是手機店，你知道吧？就是你們這些孩子成天盯著看的東西啊？」

他自顧自的笑了起來，查理往前走了一步。

「可不可以跟你借螺絲起子打開看看？一下子就好。」他說。

我拿出木蛋。

「可以嗎？」我說。那個人嘆了一口氣。

「過來吧，放到櫃台上。」他說，然後從側面繞過去開燈，接著拿出盒子裡的眼鏡。

我小心的把蛋放在櫃台上，這是我回家的唯一途徑，我一點也不希望它有更多破損。

「哇，真是漂亮。」那個人說，並從各個角度仔細觀察，

手機店裡的男人

「怎麼打開呢？」

我按下上面的小旋鈕把蛋打開，裡面的東西都還在，我應該把它們留在老雷家的，這樣比較安全，於是我抓起它們放進口袋。

「我覺得底部裡面有個音樂盒。」我說。

「有幾個很小的金色螺絲，」查理指著底部的盒子說，「你有東西可以轉開嗎？」

那個人瞇眼看著那些螺絲，再從鏡框上方看看我們。

「沒問題，」他說，「在這裡等一下。」接著就走到商店後方。

他離開後查理看向我。

「我覺得我們應該請他幫忙修理，你覺得呢？」他說，「我不知道這個東西怎麼運轉，他應該是你唯一的希望。」

我覺得良心不安，這個人對我的幫助比任何人都還要多，我卻偷了他的東西。他帶著一小包東西回來，額頭上還繫了一個小燈。

他對我們笑了一下、打開小燈，然後低頭看那顆蛋。

「修理這個東西需要精巧的技術。」他說，並從袋子裡拿出一枝非常小的螺絲起子。他的舌頭從嘴角吐出，一邊轉動那顆蛋，開始鬆開螺絲。

「我們……嗯……不知道可不可以，」我說，「請你幫我們修好它。」

那個人一邊慢慢呼氣，一邊取下微小的金色螺絲並放到旁

邊，接著繼續鬆開另一個螺絲。

「我想起來了，」他說，「你前幾天也有來，對吧？」

他放下螺絲起子，摘掉眼鏡盯著我。他知道，他知道我偷了手機殼，我看著地上並點點頭。

他沉默了一陣子。

「通常這種狀況我都會收費，但我覺得你已經付過錢了，對吧？」他說。

「我有嗎？」我說，有那麼一瞬間，我以為這是某種詭計，他會說我偷了東西。但他點點頭戴上眼鏡，用小螺絲起子輕戳一支拆開的手機。

「你跟我說，你朋友在聽太陽的錄音，我今晚回家就要查查這東西，自己聽聽看，這樣就算是你付給我的費用了，好嗎？你帶我認識了一個我不知道的東西。」

他對我露出親切的笑容，再度回到螺絲起子上。我望向查理，他也笑了。那個人取下最後一支螺絲，從蛋裡拿起一塊木頭，那底下有音樂盒的銀色機關。他讓蛋傾向一邊，有個小東西掉了出來，還有一個小紙捲。查理伸手撿起紙捲、放進褲子口袋。我們互看了一眼，那張紙條是什麼重要的東西嗎？

「太棒了！真是精細的傑作啊，」那個人看著音樂盒說，「只是有根小桿掉了，我應該可以把它固定好。」

我跟查理看著他用鑷子把那根小桿黏回去。最後他站直、把蛋闔上，發出喀啦一聲。

「會轉了嗎？」他問。我拿著蛋，慢慢轉動上面的小旋鈕

後放開，蛋裡傳來音樂，維持了幾秒鐘。那個人對我露出好大的笑容，一邊收拾工具。

「謝謝你！太感謝你了。」我說，用手臂把蛋夾好。

「別客氣，」他說，「但我真的該關店了，快回去吧。」

★ ★ ★

我跟查理一走出來，他就拿出口袋裡的紙條。

「是什麼？有寫東西嗎？」我說，並急著越過他的肩膀查看。查理打開紙卷，我只能看出幾個精巧的字跡，他開始唸：

四樣寶物
四個音符
將你擦去
離開最糟的一天

我們互看一眼，查理翻到紙捲的另一面。

「還有！」他說，並繼續唸：

四樣寶物
四個音符
讓你回歸
那最糟的一天

他抬頭看我。

「就這樣？」我說，「四樣寶物和四個音符，這樣就可以把我的存在擦掉？還可以讓我回去？」

查理對我露出笑容。

「應該是吧，」他說，「你現在就試著回去看看？」

「什麼？在這裡？現在？」我說，查理聳聳肩。

「好吧，應該沒有比現在更好的時機了。」我說。我們找了一張長椅坐下，我把蛋打開、放在大腿上，從口袋裡拿出剛才仔細收起來的東西放到蛋的中間，最後闔上直到發出喀啦聲。

「你要看著我嗎？」我說，感覺有點尷尬。查理聳聳肩。我轉動蛋上面的旋鈕，音樂出現了，我在那四個音消失時輕聲說：「我希望能繼續存在。」

我閉上眼睛又張開，查理還在，他看著我。

「看來沒用。」他說。

「為什麼？東西都跟原本的一樣啊，每一樣東西。」

「我看看。」查理說，然後把蛋拿過去打開。

「有瑪麗‧賽勒斯特號的船帆、艾蜜莉亞‧艾爾哈特的手帕、阿蒙森的手套……鈕扣呢？」

我看著他。

「路易斯‧普林斯的銀鈕扣！」他說。我把手伸進口袋裡尋找。

「不見了！」我說，「一定是貝絲拿走了！」

CHAPTER 34

獨自一人

「真不敢相信！」我說，「我的姊姊！在我面前偷我的東西！」我們走在回查理家的路上。絕對是她做的！

「那顆鈕扣是我給她看的最後一樣東西，然後她就表現得很怪，一下子就離開了。」我說，「她一定早就計畫好了，她對這些東西根本沒興趣，她只是想偷東西！」

查理沉默了一陣子。

「你得拿回那顆鈕扣，沒有別的辦法了……那些東西擺在一起也許有某種力量……」

查理停了下來，有人朝我們走過來，查理直直望著他們。

「你什麼都不要說。」他小聲跟我說。是馬可跟他那一幫蠢蛋。

「你好啊，查理，」馬可說，「你在做什麼？」他看著我，露出一抹冷笑。

「你好啊，馬可，」查理說，「沒什麼，回家而已。」

馬可盯著我：「你就是學校裡的那個魯蛇吧？覺得在遊戲

區跟大家說謊很好玩。」

我得意的笑：「那些不是謊話啊，你說是不是啊，馬可？需要我提醒你發生了什麼事嗎？」

他想用眼神壓制我，不過瞪了一陣子後就放棄了。

「好吧，我們還要去別的地方，對吧？」馬可旁邊的男生紛紛咕噥一聲，接著馬可指著查理的臉。

「你最好想想要跟誰混。」他說，然後便離開了。

查理垂著頭繼續走。

「真不懂你為什麼要跟他做朋友，」我說，「他根本就不是你會喜歡交的朋友。」

「閉嘴好嗎？」查理說，「你又不知道我喜歡交怎樣的朋友，也不懂我的生活，什麼都不懂。」

我踉蹌了一下，試著追上他。

「是嗎？我倒是知道，你在我的世界裡開心多了，你不會想模仿別人，你不是那種吊兒郎當的人，查理，你最好早點想清楚這件事！」

查理停下腳步、轉過來面對著我。

「聽著，我才不管你是誰，不管你有沒有回去那個編出來的世界，或你是從哪個地方來的，但不要告訴我該怎麼過我的人生，這不干你的事。」

真不敢相信，查理要離我而去了！

「什麼？我以為我們是朋友？」我說。

查理搖搖頭。

「別傻了，我根本不想再見到你好嗎？你到底有沒有腦？有聽進去嗎？」

他用手指敲敲我的頭，彷彿在確認裡面有沒有腦袋。

「可是……我的狗怎麼辦？我得回去，不然怪獸會死掉，你要幫我！」

查理大笑。

「根本沒有狗！真不敢相信我竟然信了你的蠢謊話，走開，少煩我。」

他離開幾步後，我追過去試了最後一次。

「拜託，查理！你一定要幫我回家！」我說，但我的老朋友不再管我，他走了。

CHAPTER 35

艾蜜莉

　　我慢慢走回老雷家。只差一點我就可以找回我的好朋友，但現在我又失去他了；而我姊是個騙子加小偷，完全不能相信。我必須拿回那個鈕扣。我走到小屋、打開廚房門走了進去。

　　「是你嗎，麥斯？」老雷的聲音從客廳傳來。我只離開了一下，所以這次要記得我比較容易。我走到客廳，老雷坐在煤氣壁爐旁的扶手椅上，臉上的笑容在看見我時瞬間消失。

　　「怎麼啦？」他說。

　　我頹坐在沙發上、望著橘色的爐火。

　　「我……我失去每一個人了。」我說，「我失去了家人、最好的朋友、我的狗……我失去了所有人，每一個人。」

　　老雷看著我，緩緩點頭：「啊，這樣啊……」

　　「我不知道該怎麼辦，老雷。我不知道要怎麼回到他們身邊，我好想念他們。」我說。

　　老雷的眼睛充滿淚水：「我很遺憾，麥斯。」他說，「失

去所愛的人很痛苦。」

我看著坐在一旁的和善老先生。

「你有家人嗎，老雷？」我說，我從沒想過這輩子有沒有人陪伴過他。老雷張開嘴巴但又閉了起來，我靜靜的等他說話。

「我的太太叫艾蜜莉，」他說，「我們過得很快樂，也很愛對方。」

他吞了吞口水後眨了幾次眼睛，凝望著空中。

「我們做什麼都一起，生活非常快樂。」

我保持安靜，我沒有想過老雷除了小屋以外的生活，我從來沒有見過他出門。

「有一次我們去義大利，是個美好的假期，」他微笑著說，「艾蜜莉的姊姊愛麗絲和她先生傑克也來了，我們是最好的朋友，我們四個，我們到處遊玩了一整個月，真的很棒，多美的國家啊，你去過嗎？」

我搖搖頭，老雷在微笑，但眼神很哀傷。他本來想喝一口茶，但又決定放下馬克杯。

「艾……艾蜜莉是不是發生了什麼事？」我問。

老雷清清喉嚨，對著客廳的另一端眨眨眼睛。

「艾蜜莉生病了，非常嚴重，就在她 32 歲生日前。」

我用大腿夾著雙手。

「醫生馬上就發現不對勁，」老雷繼續說，「直接送她到醫院，做了很多檢查，然後……結果並不好。」

我看得出來老雷就要哭了，大人哭的時候我都不知道該怎麼辦。媽通常會到浴室裡哭，我其實什麼也不用做。

　　「我很遺憾。」我說，這是我唯一想到的話。

　　老雷朝我看了過來，他突然變得非常非常老，我感覺肚子一陣翻攪，我吞了吞口水，想把喉嚨裡不舒服的感覺嚥下去。我不想再聽下去了，可是我也很想知道發生了什麼事。一滴眼淚從老雷臉頰滑落，他沒有擦掉，我看著它滑到下巴、滴在衣服上，變成了一個小小的灰色圓點。

　　「醫生試了所有方法，他們開給她很多不同的藥，但有些藥效太強，讓她很不舒服。」他哽咽起來、抹抹臉頰。我起身跪在他旁邊，拍拍他的手。

　　「我……我很遺憾，老雷，我都不知道，真的很遺憾。」我說。

　　老雷望向前方。

　　「愛麗絲和傑克也很絕望，我們都想樂觀一點，但艾蜜莉病得很重，麥斯，她病得非常嚴重。」他說，「我每天晚上都睡在她病床旁邊的椅子上，有天晚上她對我微笑，然後閉上眼睛，隔天早上就沒有醒過來了。」

　　我感覺喉嚨裡有一大團東西，我忍住不哭。我望著老雷，他用手指抹掉眼中的淚水。

　　「我已經好久好久沒有想起這些事了，」他說，「我以為我忘記了。」他開始痛哭，靜靜的、深沉的啜泣。我坐在地上、握著他的手，沒有說話。

　　那天晚上我沒什麼睡，一直在想老雷坐在艾蜜莉身邊，但她再也沒有醒來的畫面。畫面在我腦中不斷播放，每當我想要忘記，它就再度出現讓我頭痛。隔天早上我累壞了，我躺在老雷的沙發上看著壁爐台，那裡本該有一張我幫老雷畫的畫像，但卻什麼也沒有。現在我什麼都不是了，我不存在，也從沒感覺這麼寂寞過。

CHAPTER 36

霍華先生的車子

　　唯一能讓我不那麼寂寞的地方就是學校，雖然必須冒著被看到的風險，但能看到大家都過著各自的生活，也算值得。

　　我很早就到學校，上學的鐘聲才剛結束。我站在一棵樹旁邊，大家都有說有笑的往門口移動。

　　「喂，卡倫！可以跟你借護脛嗎？」有個男生在人群中大喊，另一個男生放下背上的背包，拉開拉鍊拿出一雙沾滿泥巴的護脛給他。

　　兩個女生勾著對方的手，一邊傻笑一邊在耳邊講悄悄話。她們後面有個男生一邊走路一邊看書，他把書拿得很高，經過大門時才闔上書本。

　　我站在樹旁邊，看這些真實的人過著他們真實的生活，這是平凡的一天。我願意拿任何東西交換，只為了跟他們一樣；我願意拿任何東西交換，只為了再度成為以前的麥斯·貝克特。

　　最後一個人走進去之後，校門關上，接著是一片寂靜，彷

彿有人按下了一個巨大的靜音鍵把聲音關掉了。

我在那裡站了一陣子，從窗戶看到幾個學生在教室坐下，也看見他們跟同學說話時開闔的嘴脣。老師走進教室，大家都面向教室前方。

我看見大家從書包拿出課本，然後天空開始下雨了。大樹幫我遮掉了許多雨水，但幾分鐘之後雨愈下愈大，我感覺到冰冷的雨滴打在我頭上，於是環顧四周想要找更好的躲雨地點。通往停車場的柵門沒關，所以我迅速穿過草地。

霍華先生的車停在平常停的位子上，我試了副駕駛座的門，門開了，我便坐進去。

我踩到一個塑膠杯，車裡散落了一堆這種杯子，還有空的三明治紙盒和糖果紙。後座有一堆衣服，還臭臭的，我想霍華先生應該過得不太好，大概有很長的時間都待在學校、待在車上。

我陷在座位上，把手環抱在胸前聽著雨水打在車頂的聲音，當外頭又溼又冷時，可以待在溫暖乾爽的地方真不錯，雖然霍華先生的車並沒有多舒適。我打了呵欠、閉一下眼睛，現在正適合小睡一下，彌補昨晚沒睡好的疲累，等下課鐘聲響起我就可以下車，在大家出來之前回到大樹下，看能不能找到查理，讓他注意到我。

我把手抱在胸前，低頭安穩入睡。

＊　＊　＊

　突然間，我聽見一陣敲打聲，就像有人在我的腦袋裡敲敲打打。我慢慢睜開眼睛，我的頭靠在窗戶上，有人在敲玻璃。

　「你在我的車上做什麼？」

　是霍華先生。

　「出來！」他說。我不知道該怎麼辦，於是按下車鎖。他露出驚訝的表情，然後氣呼呼的走到另一邊。我伸手想按下另一邊的鎖，但他已經搶先打開車門、坐進駕駛座。

　「你是怎樣？」他說，張大眼睛瞪著我。

　我張開嘴巴，但它就像還沒清醒一樣，讓我不知道該說什麼，我只好往窗外看。雨已經停了，大家都出來了，現在應該是下課時間，我沒聽到鐘聲。

　「而且為什麼你沒穿制服？你的級任導師是誰？我要找他談談。」

　我深吸一口氣，實在沒力氣編謊話了。

　「這不是我的學校，我沒上過任何一間學校。」我說。

　霍華先生皺起眉頭仔細看我。

　「你前幾天有來，對吧？」他說。

　我點點頭，他往下一看，似乎發現車子裡亂糟糟的，於是迅速撿起地上幾個垃圾、丟到後座。

　「跟我到辦公室，我要打電話通知家長，隨便進入陌生人的車裡是不對的。」霍華先生說，接著把手伸向門把。

「但你又不是陌生人！」我說，「你是霍華先生。」

我的老師轉過來、皺起眉頭。

「你是全校最好的老師，每個人都喜歡你，尤其是荷絲莉小姐。」

霍華先生目瞪口呆。

「你說什麼？」他說。

「荷絲莉小姐啊！西班牙語老師啊？因為你太膽小，不敢告訴她你的感受，所以她跑去澳洲啊，記得嗎？」

霍華先生臉頰漲紅。

「我……我不知道你在說什麼。」他說。

我望向遊戲區，看見查理跟馬可站在一起，馬可踮著腳尖跳來跳去，就像正在搏鬥的拳擊手。他突然假裝對查理揮拳，其中一拳打中了查理的肩膀，查理倒向後方的圍籬。

「大家到底是怎麼了？」我說，並轉回去看霍華先生，「為什麼少了我，你們就沒有人能做出正確決定呢？為什麼你沒有在荷絲莉小姐去澳洲之前跟她談談呢？你沒有打給她嗎？」

霍華先生看著我。

「你根本不知道自己在說什麼。」他說。

我不顧他的顏面大聲說：

「荷絲莉小姐去澳洲之前問你對她有什麼感覺，但你沒告訴她，你讓她離開了，可是在我的世界裡你有告訴她，因為我說你應該要這麼做。」

霍華先生看著我、眨眨眼。

「真不敢相信你竟然沒告訴她！你看看你！只會悶悶不樂自怨自艾，你應該直接打電話告訴她你的感受！」

我靠回椅背，把手環抱在胸前，我知道自己應該馬上逃走，但我需要先喘口氣。

「可是你……你怎麼會知道這些事？」霍華先生驚訝的說。

「這部分我沒辦法解釋，」我說，一邊忍住憤怒的眼淚，「我認識你，霍華先生，相信我。這星期我過得很糟，昨晚也沒睡好……然後……我只是需要小睡一下、想點事情，我跑到你的車裡是因為我知道你人很好，大概不會介意。」

霍華先生嘴巴張開，但又閉上了。

「你應該打給荷絲莉小姐，跟她說你犯了大錯，你是愛她的，好嗎？你會嗎？答應我好嗎？」

我看著霍華先生的下巴因為點頭而慢慢上下移動，我大呼一口氣後下車跑開。

CHAPTER 37

守護天使

　　我跑過遊戲區時，怪咖查理的臉正貼在圍籬上，我停下來看。馬可在查理後面把他的手壓在背後，查理望著我，臉被擠扁在鐵絲網上，我本來要對馬可大喊、叫他放手，但我想起查理堅持馬可是他朋友的模樣。

　　那好。

　　他想要那樣的友情是他的自由。

　　「麥斯！等一下！」查理用被壓扁的嘴巴大喊，但我繼續跑，沒有理他。

　　我跑到商店街，往圖書館前進。霍華先生應該已經跟校長洛伊德太太報告了，他們大概會打電話給教育局說有個奇怪的男孩似乎沒地方可去，他們遲早會問有沒有學生認識我，而查理和貝絲都知道我住在哪裡。

　　我進入圖書館，走到後方的大書架後面。貝絲在那裡，我的心一沉。她穿著制服坐在桌前看書，我直接朝她走去，她抬起頭。

「今天不想上學啊？」她說，我搖搖頭，「我也是，」她沒有笑，「我模仿我媽的聲音打電話請假，真簡單，那你又是怎麼做的？」

我聳聳肩。

「想的話就坐下吧。」她說，並朝旁邊的椅子點了點頭。

我不發一語的坐下並看著她，我必須想辦法拿到鈕扣，這是我回家的最後機會。

「你也念翠坊高中吧？」她說。

我點點頭。

「我討厭那裡，有夠無聊。」

「也沒那麼糟啦，」我小聲說，「要看妳跟誰交朋友。」

她瞪了我一眼後繼續看書。

「貝絲，為什麼妳要拿走鈕扣？」我看著她，她的視線依然停留在書本上。

「我不知道你在說什麼。」她說。

「妳真的很不會偷東西，也很不會說謊。」我說。我知道說謊的第一個跡象就是無法直視對方的眼睛，她現在就是這樣。她抬頭看我，一副毫不在乎的表情，但眼神卻不是這樣，她頻頻眨眼，我知道貝絲只有心煩意亂的時候才會這樣。

「貝絲，妳是幫別人偷的嗎？先是指甲油，然後手機殼，現在又是鈕扣……」

她翻了個白眼。

「這跟你有什麼關係？」她歪著頭說。這種傲慢的態度快

把我逼瘋了，我的怒氣又回來了，就像在霍華先生的車子裡那樣。我靠過去。

「好，貝絲，我現在要跟妳說一件事，這聽起來會很瘋狂、很不可思議，也很難理解，大概會把妳嚇一跳。妳有在聽嗎？」

她懶散的癱在椅子上。

「不要用這種口氣跟我說話。」她說。我咬牙切齒。

「閉嘴聽我說！」我說，我氣得鼻孔噴氣，用手指著她。她慢慢點頭。

「仔細聽好，」我說，「我認識妳，貝絲·貝克特，我沒辦法解釋，但我認識妳，而且非常了解妳。我知道妳不喜歡蘑菇，但是如果是披薩上的蘑菇妳就會吃。我知道妳覺得在水下游泳比在水面容易，我也知道妳 6 歲時就記下了所有英國國王和女王的名字。」

她目瞪口呆，還想開口說些什麼，但我舉起手。

「等一下，我還沒說完。」我說，「我知道妳房間角落曾經有一隻蜘蛛，妳叫牠麥坎，我也知道妳爸媽曾經很討厭對方，他們會在食物上貼便條紙，不讓對方吃自己的東西。」

我換了一口氣。

「什麼？」她說。

「貝絲，妳爸媽討厭對方，討厭到沒辦法跟對方喝同一盒牛奶。」

我停頓一下，她回看著我。

「但……但你怎麼……」

「先別管這個……重點是，我所認識的貝絲非常非常聰明，沒有人規定她，但她會自己研究歷史，她也喜歡上學念書。有個叫克勞蒂亞的人會欺負她，但她沒有加入她那一幫人，而是做自己。」

貝絲的眼角冒出一滴眼淚，慢慢滑落臉頰。

「我所認識的貝絲不會偷化妝品或手機殼，不會偷走老先生的銀鈕扣，我所認識的貝絲會自在的做真正的自己，即使這代表要離開那些害怕她的人。克勞蒂亞就是這樣，貝絲，她很怕妳，但她怕的不是凶巴巴的妳，而是另一個版本，聰明的妳，以真面目過生活、不在乎別人怎麼想的妳。」

我靠回椅背，突然感覺非常非常累。

「你是誰，麥斯？」她說，她仔細看著我的臉，額頭上出現了皺摺，「現在想想，你有種熟悉的感覺，感覺可能是我的……親戚。」

我站起來把椅子推回去。

「就當我是妳的守護天使吧。」我說。貝絲對我眨眨眼，她開口想說什麼但又閉上嘴巴，我便離開了。

CHAPTER 38

老雷的祕密

　　我回到老雷家後坐在沙發上，那顆木蛋在我的大腿上。少了那顆鈕扣，再試一次其實沒什麼意義，貝絲大概已經把它賣掉了，簡直毫無希望，我被困在這裡了。我望著壁爐，老雷用托盤端著茶和餅乾從廚房走來，我決定再試一次老雷的記憶。

　　「老雷，你說你爺爺是在哪裡得到這顆蛋的啊？」我問。

　　他把托盤放在小茶几上。

　　「越南，他環遊世界三次，總是讓自己陷入險境。他的故事就是，有人在胡志明市舊城區的咖啡店裡找他玩撲克牌，他莫名其妙的贏了，但當地人覺得他作弊，不肯付錢，他就開始跟他們爭論，然後決定拿走架上的這顆蛋一走了之，他說這就是賭金。」

　　「那算偷嗎？」我說。

　　「我不知道這算不算真的偷東西，」老雷說，「他們不肯付該付的錢，所以我想他應該覺得這是他應得的。他總說那東西毀了他的人生，所以我想他大概有得到報應吧。」

我抓住這顆蛋、望著老雷。

「毀了他的人生是什麼意思？」我說。

老雷思考了一下。

「噢，我也不知道。他好像失去了朋友，細節我不太記得。」

我感到喉嚨一陣緊縮，我坐在沙發上往前靠。

「他失去了朋友，這是什麼意思？他們去哪裡了？」我幾乎是用悄悄話的音量說。

「我有說失去嗎？我也不知道，應該是不再跟他們往來了。」他愉快的說，「就像我說的，他有他自己的作風……」

「可是……他們消失了嗎？那些朋友？」我說，心臟怦怦跳著，「他們到哪裡去了？有回來嗎？你之前怎麼沒跟我說這件事？」我開始大聲說話，老雷望著我。

「我……我不知道，麥斯，我大概是覺得這不是很重要。」

我感覺肚子在翻攪，我不發一語的看著這位老先生拿起馬克杯喝茶，他似乎不了解我的問題。

「我失去每一個人了，老雷，」我說，感覺眼淚就快要成形，「每一個人……而且我的狗死了，怪獸死了，都是因為那個愚蠢的東西。」

老雷望著我。

「我很遺憾你這麼難過，麥斯，我知道那種感覺，」老雷說，「我失去我太太的時候，我……」

「我知道，」我不客氣的說，「你已經說過這個故事了，

很令人傷心，我也很遺憾你有那樣的遭遇。我不知道你有沒有發現，但我現在很不好受。」

我不想再聽到艾蜜莉的事，太讓人難過了。而且我的大腦還在試著理解老雷說他爺爺失去朋友的事，這是不是代表什麼呢？他們也消失了嗎？

「她過世了，我太太艾蜜莉……」老雷繼續說。

「我知道，老雷，」我不客氣的說，「你已經說過了。」我看著大腿上有著雕刻圖案的蛋，如果可以想出沒有鈕扣也能發揮作用的方法，我就可以回家了。但是如果不行呢？要是我永遠被困在這裡怎麼辦？

「我沒辦法忍受沒有她的日子。」老雷用顫抖的聲音說。

我嘆氣，把臉埋進手裡，繼續聽老雷說。

「我獨自生活一陣子之後做了一個重大的決定，非常重大的決定。」

我一邊聽，一邊看著腿上的木蛋。

「我決定，」老雷說，「我決定不要過沒有艾蜜莉在身邊的人生，我想要……逃跑……」

我從指間的縫隙看他。

「我想要過新的生活，」他說，「我想去沒有艾蜜莉在回憶裡的地方，一個沒有人知道我是誰的地方。」

我慢慢放下雙手、望著老雷。

「所以我就做了那件事，麥斯，」他的眼睛閃爍，看著我說。

「做什麼，老雷？」我幾乎是悄悄的說。他吸氣又吐氣，一次、兩次、三次，然後回答我。

　　「我讓自己消失了。」他說。

CHAPTER 39

消失的人

老雷眨眨眼，我望著他，腦袋瘋狂運轉，試著理解他說的那些話。

老雷？

老雷的存在被擦掉了？

這位坐在扶手椅上的老先生被擦掉了？跟我一樣？

他沒有朋友、沒有家人，也沒有人來探望他。壁爐台上沒有他家人的照片，什麼都沒有。再怎麼樣，他至少會有一張太太的照片吧？但什麼都沒有，這裡沒有任何東西可以看出他的過去、他的來歷、他的人生。

我站起來在地毯上來回踱步。

「我……我不懂……」我說，「你？你希望自己沒有出生？」

老雷慢慢點頭，把手放在胸口上、漲紅了臉。

「好奇怪，」他說，「我沒跟任何人說過，自從發生這件事之後，我都沒提過。」

我忍不住一直盯著他看，這就是他記性不好的原因嗎？因為他把自己的存在擦掉了？

　　「然後發生了什麼事，老雷？」我冷靜的說。他抬頭看著天花板、一邊思考。

　　「我爺爺到處旅行後在這間小屋住了好幾年，我有跟你說過嗎？」

　　我搖搖頭，說不出話來。

　　「這裡的東西都是他的，這張扶手椅、沙發、櫃子，在沒有人知道你是誰的情況下，你很難開始新的生活。沒有身分、沒有地方住，也沒有朋友可以幫忙，沒有家人，什麼都沒有。」

　　我太了解這種感受了。老雷繼續說。

　　「你也會想起以前的快樂時光，然後感到難過。這種事會在你不經意的時候出現，像是架子上她最喜歡的茶杯或抽屜裡的銀色髮夾，這麼簡單的東西卻會讓你悲傷到無法呼吸。」

　　老雷吞了吞口水、摸一摸眉毛。

　　「你的存在被擦掉之後，就不會有照片，沒有日記、沒有東西可以讓你回憶過去。沒有人會來敲門或照三餐打給你，確認你過得好不好。我想要過沒有人知道我是誰的生活，我想要寧靜。」

　　我望著老雷，聽他說話，他真的覺得把自己的存在擦掉，就可以解決問題，這讓人好傷心。但我不想跟他一樣，我想回家。

「就是這顆蛋讓你消失的，對吧？」我拿起它說，「裡面的東西產生了作用。」

他皺起眉頭、摸摸額頭。

「我⋯⋯我不知道。」

「但⋯⋯但你一定知道啊，裡面有東西不見了，你得幫我找其他的東西來代替，」我大聲說，「你一定要幫我，老雷，拜託！」

老雷望著我，一臉困惑。我的指甲用力掐著手心。

「我⋯⋯我不太確定⋯⋯」

我從沙發上站起來，突然跪在他旁邊。

「你一定要確定！我不想消失，老雷，你還不了解嗎？我想回家！」

我低頭啜泣，一直哭一直哭。我感覺他的手在我頭上輕拍。

「我很抱歉，麥斯，那是好久以前的事了。」老雷說。

我用袖口擦擦眼睛。

「我想要⋯⋯我想要有機會回去看大家，跟他們說⋯⋯跟他們說我有多愛他們，你知道嗎？」

我抬頭看他。

「你沒有這樣想過嗎，老雷？再見見你的家人和朋友？」

老雷搖搖頭。

「我不知道，我不太記得以前的日子了，麥斯，感覺⋯⋯很模糊，那裡沒有我的存在。」

我想了想他現在的生活，周遭都不是真正屬於他的東西，也沒有家人和朋友。

「可是你在這個世界也不是真的存在啊，不是嗎？」我說，「這裡比你以前的世界更空洞。」

他眨眨眼睛，我可能有天也會像他這樣，成為一個沒有過去也沒有現在的老先生。

「我知道回去很痛苦，但你身邊有愛你的人。」我說，「愛麗絲跟傑克呢？他們還在啊，你為什麼不⋯⋯」

有人打開後門，我站了起來。

「麥斯，你在嗎？」

怪咖查理衝進客廳朝我跑來。我站起來，他抓住我的肩膀對我笑。

「麥斯・貝克特，我來帶你回家！」他說。

CHAPTER 40

音樂盒

查理走進來時，他身後還有一個人，是貝絲。她膽怯的看著我。

「麥斯？」她說。

查理看著我。

「為了拿回鈕扣，我告訴她你是誰了……希望沒關係。」

我看著她，她深吸一口氣。

「是真的嗎？」她說。我點點頭，她開口後，嘴巴就停住了，就像一個深色的圓圈。

「我跟妳、爸、媽，還有一隻叫怪獸的狗住在一起。」我說，「牠是一隻可愛的、胖胖的，但又很有趣的獵犬，是我的一切。妳喜歡歷史，喜歡穿黑色和灰色的衣服，而且絕對不會畫橘色的妝、偷東西或蹺課。妳是我姊姊，貝絲，所以我才會知道那麼多事情。」

她眨眨眼、吞了吞口水。

查理在地毯上踱步，說話時雙手動來動去，跟我真實生活

中的查理一模一樣，連他的頭髮都沒那麼翹了。

「而且鈕扣就在她那裡！給他看啊，貝絲！」貝絲在西裝外套口袋裡找了找，然後握在手裡、拿了出來。我接過來，緊緊握在手中。

她看起來有點不好意思，但看到櫃子時又好了一點。

「你不懂，如果蛋裡的東西是真的，那大概會是幾十年來最重要的發現，」她說，「一定價值連城。」

「應該吧，」我說，「但我不在乎，我只想回家。」

她對我點點頭。

「很抱歉我把它拿走了，很蠢，我只是一時衝動，查理跟我解釋時我才知道這有多重要，」她說，「雖然這一切聽起來有點……難以相信。」

我聳聳肩。

「沒關係，我對妳做過比這更糟的事。」我說。她突然伸出手。

「如果你回去了，應該要對你的姊姊好一點，就這樣說定了？」

我猶豫了一下，然後跟她握手。

「一言為定。」我說，並轉向查理，「謝了，查理，謝謝你告訴貝絲。」我說，「真高興你清醒了。」

「你對馬可的看法是對的，」他用奇怪的姿勢靠著櫃子說，「他是個大白痴，從現在起我要離他遠一點。」

我對他微笑。

「你們可以到廚房等一下嗎？我有話想跟老雷說。」他們看了我，再看看老雷，接著點點頭，走到廚房把門關上。

老雷坐在扶手椅上，雙手放在肚子上，我走過去坐在他旁邊。

「你想過要回去嗎，老雷？回去你真正的生活？」我問。

老雷用哀傷的眼神看著我，然後搖搖頭。

「但我不能待在這裡，」我說，「我得回去跟我的家人一起，我真正的家人。我很想他們，老雷，我以為我不夠好，我以為如果我沒有出生的話，大家都會過得比較好。可是……我錯了，我很重要，老雷，他們的確需要我，我……我想回家。」

以後的我會怎樣呢？我不能一直活在這裡。老雷看著我、露出微笑。

「我想你會找到回家的路，麥斯，你知道為什麼嗎？」他說。

「因為你感覺得到，它就在這裡。」他輕拍自己的胸口說。

他的雙眼充滿淚水。要說出這個世界沒有他會更好一定很難，可是我自己不也這麼說出口了嗎？但是現在看起來，這句話完全是錯的。我拿起沙發上的木蛋、走到櫃子前面。我聽見貝絲和查理在廚房裡說話的聲音，但我不想在他們面前這麼做，我想自己一個人回去。

我看著手裡的蛋，回家的時刻就是現在，我很重要，現在

我懂了。因為我，爸才會辭掉他討厭的工作；貝絲才會做她自己、熱愛歷史；霍華先生才會跟荷絲莉小姐在一起。如果我回家了，我就有機會可以跟學校說我有多抱歉，我惹了這麼多麻煩，還毀掉今年最重要的夜晚。我還會彌補查理，他是我在這個世界上最好的朋友，我會告訴他我很抱歉，我這個朋友對他並不好，但我會變得更好。而且最棒的是，我想起了我的狗。如果我回去了，怪獸就可以繼續活著。

我深吸一口氣後按下蛋的頂端，它慢慢打開。我把鈕扣跟其他東西放在一起，再小心把蛋闔上，然後扭轉頂端小小的旋鈕，裡面的音樂盒發出了四個音。

「我想要繼續存在。」我在音符停下來時說。我看著自己映在玻璃櫃上的身影，什麼感覺也沒有，我感覺不到有哪裡不一樣。我嘆了一口氣、打開櫃子，把蛋放回架上黑色帽子旁邊。

我轉身時，老雷在扶手椅上睡覺，一定是不小心睡著了。我站著看他慢慢起伏的胸膛，小屋裡靜悄悄的，只聽得見老雷和緩的鼾聲。

我要跟查理和貝絲說失敗了，但當我走到廚房時，他們都不在。

「查理？貝絲？」我說。

我沒有聽到他們離開的聲音，他們去哪裡了？我打開門、望向玄關，但沒看見他們的蹤影。

我的心開始怦怦跳。

我跑到客廳，一眼就看見了那個東西，它又回到壁爐台上原本的位置了。

　　「真不敢相信！」我大聲說，驚醒了老雷。

　　「什麼⋯⋯發生什麼事⋯⋯」他說，並從扶手椅上起身。我跑過去抱住他。

　　「發生什麼事？」他焦急的笑著說，我握住他的手跳起舞來。

　　「是我，老雷，我是麥斯！」我說，並努力忍著笑。

　　我走到壁爐台前拿起裱了框的老雷畫像，這是家鄉最讓我引以為傲的東西，也是讓我得到第一名的畫。我雙手捧著畫、露出笑容，心臟在胸口狂跳。

　　「我回來了！」我說。

CHAPTER 41

回到現實

　　我離開時，老雷正站在客廳中間望著那幅畫像。

　　我跑在他家門前的走道上，右轉經過班克斯太太的前院。班克斯太太站在翠綠的草皮上，想用封箱膠帶把紅鶴的頭接回它的身體。

　　我抓著她的柵欄看著她。

　　「是無頭的紅鶴！」我大喊，**「太好了！」**

　　我往空中揮拳，班克斯太太怒瞪著我，我對她揮揮手。

　　「哈囉，班克斯太太！是我，麥斯！」她的嘴巴微微張開。

　　「我會幫妳修好紅鶴的，班克斯太太！」我大喊，「如果我修不好，就用零用錢幫妳買一隻，幫妳買一隻最好的！怎麼樣？」

　　班克斯太太好像僵住了，我開心的對她笑，然後繼續往前跑。回家之前我得先去見一個人──查理。

　　如果不是他，我就回不來了。我衝到查理住的地方，抵達

門階時喘得上氣不接下氣。我按下門鈴，一邊望向院子的一角，豪華越野山道回來了！我笑了起來，但查理媽媽開門看見我時可一點也笑不出來。她馬上準備關門，但我伸手阻止了她。

「卡普太太，我很抱歉弄傷查理的鼻子，那真的是意外，妳不相信我我也不怪妳，我一直都對查理不是很好。」

卡普太太正想說點什麼，但查理穿著深藍色西裝出現在她背後，鼻子上貼了好大一塊繃帶。對了！學校的百年舞會！我在另一個世界過了好幾天，但我好像正好在離開的那一刻回來了。查理的頭髮又回到平常那樣亂糟糟的狀態，看起來棒呆了。

「查理！你回來了！等等，我在說什麼？是我回來了！」我笑了起來，但查理和他媽媽只是盯著我。

「還有你的鼻子！你又把它包起來了，真是太好了！」我又笑了，但馬上停下來，因為只有我在笑。卡普太太摟住查理的肩膀。

「查理不會跟你一起玩了，麥斯，你對他有很不好的影響，也不是真心的朋友。對吧，查理？」她說。

我看著查理，他移開視線點點頭。

「好，卡普太太，我理解，但可以讓我跟他說話嗎？一分鐘就好？」

她不高興的看著我。

「就一分鐘。」她嚴厲的說完便走進去。她一離開，查理

就開口說話。

「你麻煩大了，麥斯，」他說，「如果你因為在舞會上做的那些事而被退學，我也不意外。」

「退學？」我說。噢對，我關掉電源毀了大家的舞會，我連這件事的後果都還沒思考到。查理繼續說：

「而且我媽說得對，我不想跟你一起混了，你只會讓我覺得自己很差，你知道嗎？不，你當然不知道，因為你只會想到自己，麥斯·貝克特，不是嗎？」

我想反駁，但他還沒說完。

「而且我知道，你跟我當朋友是因為沒有人會笨到跟你一起玩，但我老實跟你說，現在我寧願自己一個人。」

他把手環抱在胸前，等我開口說話。

「噢，我知道了……」我說。

「你知道嗎，麥斯？你真的知道嗎？因為這麼多年來你完全不知道，你只在意你自己。」

我慢慢點頭。

「對，你說得對。」我說，「我是個糟糕的朋友。」

查理把重心換到另一隻腳，看著地板。我繼續說：

「我很糟糕，我在背後取笑你、讓你失望。我不指望你想繼續跟我當朋友，但我想跟你說……你是我最好的朋友，查理。你很有趣，又棒又聰明……我想我大概有點嫉妒你，因為你都不會惹麻煩，又懂這麼多……東西。你好像單純做自己就可以很快樂，不會在意別人怎麼想，至少在這個世界裡不會

⋯⋯」

　　查理抬頭看我，露出困惑的表情，但很快又繼續盯著地上。

　　「如果這是你想要的，那我不會再找你了，好嗎？但如果你想再跟我當朋友，記得要跟我說。」

　　我想等他說點什麼，但他連一眼都沒看我。我垂著頭，轉身走在走道上，聽見身後傳來關門的聲音。

CHAPTER 42

回家

　　我離開查理家，感覺很糟。我並不意外他生我的氣，但我完全沒想到他不想再跟我當朋友了。查理顯然下定了決心，不可能改變的。

　　我轉到我住的那條街上，把手插進口袋。我碰到一個冰冷的東西，我拿了出來，發現是鑰匙，是學校配電室的鑰匙，我關掉電源後就鎖上門了。因為在舞會做的那些事，我即將面臨一堆麻煩，但我還沒認真思考到這裡。如果我被退學怎麼辦？我是不是得去新的學校？有誰想跟我這樣的人當朋友呢？

　　我家就在前面，踏上走道前，我停了下來，那道柵門不見了！幾年前因為我吊在上面而壞掉的柵門不見了，我走過去拍拍門柱。

　　我一到家門口，媽就打開門，她看起來臉色鐵青。

　　「麥斯！你究竟做了什麼好事？你知道那有多危險嗎？把學校的電源關掉？那裡還有這麼多人！」

　　爸從她身後冒出，貝絲也走下樓，穿著牛仔褲和灰色的

「歷史未亡」T恤，回到平常的樣子。

我在那裡站了一下，看著我的家人，然後雙手抱緊媽。

「我愛妳，媽，我愛你們大家，我對一切都感到很抱歉，做錯的每一件事情我都很抱歉。」

媽緩緩的擁抱我、搓搓我的背。

「怎麼啦，麥斯？發生什麼事了？」

我輕輕推開她，迎向爸的懷抱。

「爸，見到你真高興，我很難過你們兩個這麼不開心。」

我越過爸的肩膀看見我姊的表情，她看起來很擔心，我對她微笑、她也對我笑。雖然事情大概會變得很複雜，但回到家人身邊的感覺還是很棒。

我還有一位沒見到。貝絲身後的廚房門動了一下後被推開了，我那隻胖嘟嘟、快樂又有趣的獵犬衝了過來。

「怪獸！」我說，放開爸後跪在地上。我的狗衝進我的懷抱，跟平常一樣把舌頭掛在嘴巴的一邊。

「我好想你啊，怪獸！非常想你。」我說，同時把臉埋進牠的脖子。牠聞起來好臭，可是又很棒。

「麥斯，怎麼回事？你還好嗎？」媽說。

我往怪獸頭頂親了一下，再轉身看著我的家人，他們也望著我，表情很困惑。

「我沒事，媽，真的沒事。」我說。

★　★　★

　　原本我想直接到學校認錯，因為我關掉電源和搞砸舞會。雖然這樣做不是很必要，畢竟大家都知道犯人是誰。不過爸媽聽到我想這麼做時都有點驚訝，但也都同意了。

　　爸開車載我們過去，停在之前錄影車停的地方，大家都已經收拾現場回家去了。遊戲區上只有幾個人，包括校長洛伊德太太。我跟爸媽說我想自己去找她談，所以他們就在車裡等我。我穿過遊戲區，洛伊德太太馬上就注意到我，還把手環抱在胸前。

　　「哎呀，麥斯・貝克特，你應該有很多事情要解釋吧！」她看起來幾乎要噴火，但我臉上好像有什麼東西讓她的態度稍微軟化了一點。

　　「洛伊德太太，搞砸電視節目和舞會我很抱歉，我⋯⋯我只是很生氣不能來參加，我很抱歉。」

　　洛伊德太太靠近一步，說：「你不能再這樣下去了，麥斯，你的行為既魯莽又危險，還毀掉了很多人美好的夜晚，週末我會好好想一想，看要怎麼處理你持續不斷的惡劣行為。」

　　我點點頭。

　　「星期一一早就來見我，也請你爸媽過來，兩位都要。」她說。

　　「知道了，校長，我了解。星期一見。」

　　我轉身走向家人。

CHAPTER 43

校長辦公室

　　星期一，我跟爸媽直接走進洛伊德太太的辦公室，霍華先生也在那裡，大家都很嚴肅，好像準備要大罵我一頓，我也不抱什麼希望了。洛伊德太太開始唸我的學校檔案，這些資料平常應該都放在辦公室裡。檔案記錄了我在這一年裡闖的禍，她唸了好久好久，霍華先生還忍不住瑟縮了幾次。媽大嘆了一口氣，爸則是不高興的盯著地毯。

　　「你有話想說嗎，麥斯？」她闔上檔案夾說，「你真的這麼討厭學校，每一天都要搗亂嗎？」

　　我清清喉嚨，整個週末我都在想要說什麼，我已經跟查理說了我的感受，也跟爸媽和貝絲說他們在我心中的意義，現在輪到學校了。我清清喉嚨。

　　「我不討厭學校。」我說。洛伊德太太翻了個白眼，但霍華先生把身子往前靠、手肘撐在膝蓋上，手指撫著嘴脣。

　　「其實，我喜歡學校。學校是『正常』的地方，是我逃避……逃避家裡爭吵的地方。」

我感覺媽瑟縮了一下，我不敢看她或爸。我再次清清喉嚨：「我知道我不是最好的學生，也不是最好的朋友或最好的兒子，但我在乎很多事情。我在乎我的朋友跟家人，學校也是，我只是……我只是有時候會搞砸事情，你們懂嗎？」

　　霍華先生是唯一點頭的人，我繼續說。

　　「學校裡的事情都很正常，沒有人會隔著我跟對方吵架、讓對方難過，或在食物上貼愚蠢的便條紙。」

　　洛伊德太太看了爸媽一眼，但他們沒有說話。

　　「有時候我來上學，覺得自己就像一瓶冒泡的飲料，整個晚上或週末我都在努力讓蓋子蓋好，可是那瓶飲料……那瓶飲料感覺就像在洗衣機裡翻轉過，就要爆炸了，你們了解我在說什麼嗎？」

　　我看著老師們，我不覺得他們真的理解飲料冒泡的感覺，但他們都點點頭。我深吸了一口氣。

　　「然後，我到學校舒服的坐著，呼——感覺就像蓋子炸開了，我的所有想法、擔憂，還有不高興……都噴出來了，我沒辦法……沒辦法再蓋上蓋子。」

　　我發現自己的手扭在一起，有點痛，所以我把手塞到膝蓋底下。洛伊德太太的表情沒有那麼生氣了，霍華先生也抿起嘴。爸清清喉嚨，但沒有說話。

　　「我對我做的事情感到很抱歉，洛伊德太太。」我的聲音開始顫抖，於是就停在這裡。

　　校長在座位上換了一個比較輕鬆的姿勢。

「我覺得……」她說，她的視線在天花板停留了一陣子，似乎在努力尋找適合的詞語，「我覺得你是聰明、忠於感受，又善解人意的孩子，麥斯。我想……我想我跟霍華先生要跟你爸媽好好談一談，討論該怎麼幫助你面對挫折感，這樣如何？」

我張開嘴巴但又閉了起來，霍華先生把身子往前靠。

「我想我們可以一起努力，從彼此身上學習，無論是老師、爸媽還是你。對吧，貝克特先生、貝克特太太？」

我望向爸媽，他們看起來很尷尬，但都點頭。

「這代表我可以繼續待在這裡嗎？」

洛伊德太太開始翻桌上的文件。

「舞會的事情你還是要接受處罰，我們不能縱容，但就只會針對這件事情。你先去上第一堂課吧……別搗蛋，可以嗎，麥斯？」

我點點頭，努力不要笑得太用力，以免臉頰發疼。

★　★　★

我在舞會關掉學校電源的處罰，就是在下課時間幫工友法洛先生做事，要做幾個星期。我必須穿橘色夾克在遊戲區上撿垃圾，別人覺得很好笑，會對我大喊，但只要我想吼回去，就會想起自己消失的事情，所以什麼都沒說。我有一個小夾子，看到糖果紙之後我要用夾子撿起並丟進垃圾袋，做了一陣子之後，我也開始感受到其中的樂趣了。我發現自己做得很專心，

連鐘聲響了都沒有聽見。

　　我也在「觀察階段」，所以每堂課結束後，我都要拿一張卡找老師簽名，他們會判斷我是否在課堂上表現良好，如果被扣太多分，就要到洛伊德太太的辦公室報到。我知道自己不會再惹麻煩了，我也希望可以找查理談談，但他今天去醫院回診、檢查鼻子，這讓我的心情很糟。

　　和校長談完之後，下課回家路上我已經做好心理準備了，爸媽一定會因為跟洛伊德太太會面而爭吵，他們絕對會把錯都怪到對方頭上，尤其是我說感覺自己像冒泡飲料那部分。但回到家時，家裡很安靜，爸在廚房做晚餐，媽坐在桌前用電腦，他們沒有交談，但也沒有吵過架之類的緊張氣氛，感覺他們好像沒有東西可以吵了。

　　怪獸跟平常一樣過來跟我打招呼，不停甩動尾巴，我緊緊抱著牠，抱得比平常都還要久。

　　「剛才有人寄了這個給你。」爸說，並交給我一封信。

　　我看著信封，上面寫著「麥斯」，我一眼就認出這個字跡。就在我打算到房間讀信時，爸突然用力抱了我一下。

　　「我們愛你，麥斯，我們真的都很愛你。」

　　我也用力抱了他一下，再過去給媽一個大大的擁抱。她雙手捧著我的臉。

　　「我們都以你為榮，麥斯，也許我們有時候不會表現出來，但我們真的以你為榮。」她說，然後在我臉上親了一下，我趕緊擦掉她的口水。

我脫掉鞋子，拿著信跑上樓。

我撲到床上，拆開信封開始讀。

> 親愛的麥斯：
>
> 　　你說得對，你是個很糟的朋友，你對我說謊、在背後取笑我，讓我覺得我是你唯一的朋友，因為沒有人喜歡你。面對現實吧，誰會笨到跟你當朋友？

　　我停了下來，再也不想聽到別人說我有多糟了。但是我瞄了下一行，繼續讀信。

> 　　但你也有讓我喜歡的地方。你不搗亂的時候都可以讓我大笑，我喜歡跟你說一些我學到的東西，因為我想也許你會有興趣，然後你會一副很高興的樣子，因為我會把事情告訴你而不是別人。還有，你讓我覺得自己比別人懂很多東西，這讓我感覺挺好的。
>
> 　　今天我去醫院檢查鼻子（狀況還不錯），等醫生叫號的時候，我決定再給你一次機會、再跟我當

朋友的機會。

　　所以我想寫信問你，這次可以不要再搞砸了嗎？

　　還有，可以不要再叫我「怪咖查理」了嗎？我真的覺得很煩。

　　　　　　　　　　　長年被你折磨的朋友，查理·卡普

我露出微笑，把信摺起來放回信封。查理回來了。

CHAPTER 44

爸的公寓

我回來之後，大約過了六週，一切都不一樣了。

爸搬出去了。

有天晚上，爸媽找我跟貝絲坐下來談，說他們非常愛我們，可是已經不像以前那樣愛對方了，他們也跟對方吵得很累，這樣對我們不好，也很抱歉這種狀況持續了這麼久。爸媽在金錢上達成了共識，爸也租得起一間小公寓，他的新家不會很遠，我們還是可以經常見面。他們說，也許有一天我們得賣掉房子，但他們保證到時候不會搬得太遠，我們還是可以繼續念同一間學校。爸媽說這些的時候，貝絲哭了，媽擁抱她，但沒有說話。我覺得很難過，但還過得去。我消失的那陣子見過媽開心的樣子，雖然我希望她可以繼續愛著爸，但我也想看到她的笑容。在這個世界裡，爸有喜歡的工作，所以我想他會沒事的。

星期一到星期五，我們會有一個晚上跟爸見面，週末則是隔週才會見到他。一開始爸好像還不太能接受，他的公寓很

小、有一點異味，他也沒有認真打理，爸送我們回家的時候還會抱我們很久，好像不想讓我們走。但幾週之後，我發現他買了幾盞燈，牆上也掛了照片。他加入了運動俱樂部的壁球隊，而且打得很好，還說改天要教我跟貝絲。之前爸來接我們的時候都會在車上等，但上個星期我還在收拾背包時，媽便邀爸進屋子裡等。我聽見他們在廚房說話，我下樓時他們在喝咖啡，爸還說了些話讓媽笑了。上次見到他們這樣是……嗯，我也不記得了。現在冰箱裡也沒有便條紙了，我覺得很好。

我跟怪咖查理繼續當朋友了，不過我再也沒有叫他怪咖查理，我信守承諾，也試著當一個好朋友。有時候查理會在班上沒完沒了的講他知道的事情，大家就會咕噥抱怨、說他很無聊。以前我會用手肘頂他，叫他別再像個白痴一樣，但現在我會瞪著大家，然後他們就會閉嘴。

過了好一陣子，查理才開始相信我是真誠的想跟他當朋友，我想他是在體育課玩曲棍球時才開始相信的。艾倫太太開始教我們連續帶球，但查理無法好好控制球，還一直被自己的球棍絆倒。我們要進行分隊比賽，由我和亞戴爾來選隊員。查理顯然是全班最遜的，但我第一個就選他，大家驚呼了一陣子，包括查理自己。他或許是很糟的選手，但也是我最希望能同隊的人。

有一天我會告訴查理我發生了什麼事，也許等到我們都很老的時候吧，我們可以一起坐在長椅上喝保溫瓶裡倒出來的茶，到時我再告訴他，他是怎麼幫助我回家的。

我還是會每隔幾天去看看老雷，他的記憶問題愈來愈嚴重，我也要花更長的時間解釋自己是誰。有幾次他根本無法理解我是誰，所以我就留他獨自一人，我不想讓他難過。如果他的狀況不錯，我就會小心問他以前的生活，但我從不提他把自己的存在擦掉的事。某個冬天的晚上，我們坐在老雷客廳的火爐邊，他開始聊天。

「昨天晚上我做了很特別的夢，麥斯。」他說，「是一個年輕人失去了十分深愛的人。」

我緊緊握著裝熱可可的馬克杯，他用溫柔的語調繼續說。

「沒有了他愛的人，」老雷說，「這個人覺得很難繼續生活下去，一切都毫無意義，於是有一天，他就消失了……」

老雷比了一個消失的手勢，我繼續沉默。

「可是他沒有徹底消失，他還是在一樣的地方，只是沒有人知道他是誰。他獲得了認識這個陌生世界的機會，這是一個他從未出生過的世界，然後他看見自己對朋友和家人的影響，於是他發現了一件事。」

老雷的聲音有些顫抖。

「是什麼，老雷？」我輕聲說，「他發現了什麼？」

這位老先生轉過來看我，面容滿是皺摺。

「他發現自己想要回家。」他說，他深深嘆了口氣，把熱可可放在桌上。

「你想回家嗎，老雷？」我伸手握住他的手臂問。

他看著我，下脣在顫抖。

「我……我不知道，」他說，「我很害怕。」

如果老雷回去原有的生活，就會回到最糟的那一刻。艾蜜莉還是不會在他身邊，但他身邊會有愛他的人，像是愛麗絲，也就是艾蜜莉的姊姊，還有愛麗絲的先生傑克。老雷說過他們是朋友，所以他們都在，老雷就不再獨自一人了。我放下熱可可面對老雷。

「前陣子有人跟我說了一件事，老雷。那時候我聽不太懂，但現在懂了。」我說，「是有關磚頭的事。」

老雷望著我，我試著在腦中整理好我想說的話，我需要好好說出來，於是深吸一口氣後開始說。

「這個人跟我說，如果你正在經歷人生的低潮，有時候會覺得口袋裡好像有塊磚頭。」

老雷眨眨眼，我繼續說。

「有時候，那塊磚頭會很沉重，讓你快要動不了，每走一步都很費力，感覺什麼都無法做。」

老雷慢慢點頭。

「但也有其他時候，老雷……有時候你的口袋裡還是有那塊磚頭，但你卻沒有注意到。那塊磚頭會一直在，只不過有時候感覺沒有那麼重，這樣你聽得懂嗎？」

他什麼都沒有說，但眼睛淚汪汪的。我望著他，然後垂下頭。我覺得自己說的內容是正確的，但爸告訴我的磚頭故事從我的嘴裡說出來，卻感覺很蠢。我再深吸了一口氣，抬頭看著老雷。

「老雷，請你專心聽我說，我要告訴你該怎麼回家，怎麼回到愛的人身邊。然後，當你覺得時機到了，你就可以回到離開的那一刻，你能理解嗎？」

　　他點點頭。

　　「好，」我說，並往前坐，「你知道櫃子裡的那顆蛋嗎？」

　　接著我把方法全告訴他。

CHAPTER 45

科學研究社

我跟查理開始在星期五放學後參加科學研究社，一開始我真的不想去，因為我唯一會在放學後留下來的理由就是留校察看，自願留下來感覺很奇怪。但是查理拿了一本書給我，所以我答應他要嘗試。

結果科學研究社其實很棒呢，查理說得對，你可以做很酷的實驗，例如用喝過的飲料瓶、醋和小蘇打發射火箭。

星期五社團結束後，我們一起走回家，查理試著跟我解釋跟音速有關的東西，我聽不太懂他在說什麼，但我點頭並試著理解。一開始很有趣，但我沒辦法一下子吸收太多東西，我想查理應該知道我快不行了，因為他放棄了。

「不然我改天再跟你說吧？」他說，我露出傻笑。

「抱歉，查理，我的腦袋都是科學研究社的東西，大概塞不下別的東西了。」查理對我露出微笑。

「我很高興我們把事情講開了，」他說，「你現在很好啊，你知道嗎？你不像以前那樣一天到晚發脾氣了。」

我點點頭，但沒說話。

「而且，你也沒再叫我『怪咖查理』了，這是另一件好事。」他說，「再見啦，麥斯。」

然後查理開始用好笑的姿勢走路回家，他每次想走快一點但又不想跑步時，就會這樣。

我往老雷家走去，我通常都會在星期五去他家看他，但我不會待太久，因為已經有點晚了。今天早上上學前，媽提議來個只有我跟她兩個人的披薩電影之夜，因為貝絲要去麥蒂家過夜，我說我很期待。

我跟平常一樣，從老雷家的廚房門走進去、壓下熱水壺的加熱鍵開始燒水。

「是我，老雷！你想喝杯茶嗎？」我往客廳大喊。

老雷沒有回答，但我還是從櫥櫃裡拿出他的馬克杯、放了一個茶包進去。

「我媽問你星期天要不要來我們家吃午餐？」我大喊，「她想你應該會……」

我走進客廳，然後停下腳步，老雷的扶手椅是空的。

「老雷？」我走到玄關，檢查他的房間和浴室，他都不在那裡。

「老雷？你在哪裡？」我又喊了一次。

熱水壺的加熱鍵跳了起來，水滾了一陣後平息下來。

我在客廳到處看，發現一張摺起來的紙靠在他的畫像上，

上面有一個歪歪扭扭的手寫字：麥斯。

我拿起那張紙，慢慢打開。

謝謝你所做的一切，麥斯。
我該回家了。

老雷

我靜靜的深呼吸，將紙摺好、放進後口袋。

我走到櫃子前，門是開的，那顆木蛋就在櫃子裡的黑帽子旁邊。我關上櫃子門後走到廚房，把老雷的馬克杯放回櫥櫃裡、餅乾罐旁邊。

我打開側門、踏進外頭冷冽的空氣中，我打了個寒顫，然後轉身看這間再熟悉不過的小屋最後一眼。我露出笑容。

「再見了，老雷。」說完後，我關上門走回家。

（完結）

翻到下一頁，
你能解開這四個失蹤案嗎……

【附錄】
無人能解的失蹤案
《橡皮擦男孩》裡的未解之謎

　　鄰居爺爺老雷家的神祕木蛋隱藏了四個消失的人與物，這四個神祕失蹤案件，究竟是怎麼發生的呢？直到今天，我們有沒有找到新的線索解開這四個謎團呢？讓我們一起來看看他們的故事吧！

幽靈船——瑪麗·賽勒斯特號

　　1872 年 11 月 5 日，瑪麗·賽勒斯特號（*Mary Celeste*）的船長班傑明·布里格斯（Benjamin Briggs）帶著妻子莎拉、兩歲女兒蘇菲亞，以及七名船員準備從美國紐約航向義大利北部的港口城市熱那亞（Genova）。然而，晚七天出發的另一

©Wikimedia Commons

班傑明·布里格斯船長
©Wikimedia Commons

艘商船卻發現瑪麗‧賽勒斯特號在大西洋上漂流，船上的十個人也全都不見蹤影，沒有留下任何訊息、沒有打鬥的痕跡、船體也沒有受損，只有一艘救生艇不見了。

發現瑪麗‧賽勒斯特號的船員將這艘帆船開到位於西班牙南方的直布羅陀（Gibraltar），經過檢查，船上所裝載的一千多桶酒精中，有九桶是空的。因此許多人猜測可能是因為酒精滲漏，瑪麗‧賽勒斯特號的船長下令所有人登上救生艇、棄船以免發生危險，但卻因為與母船脫離，最後所有人在海上遇難。然而因為沒有找到相關的證據，也沒有人發現船員的屍體可以證明這項說法，瑪麗‧賽勒斯特號事件也永遠成為了謎團。

失聯的極地探險家──羅爾德‧阿蒙森

1911 年挪威探險家羅爾德‧阿蒙森（Roald Amundsen）率領「前進號」五人探險隊，經歷了千辛萬苦，成功締造人類歷史上第一個到達南極點（南極中心）的紀錄，比起英國探險家羅伯特‧史考特（Robert Scott）所率領的探險隊還要早一個月抵達。

©Wikimedia Commons

阿蒙森一生探索過許多未知世界，他是第一位穿越西北

航道（穿越加拿大北極群島，連通大西洋與太平洋的水道）的探險家，也嘗試穿越連結太平洋與北冰洋的東北航道，且多次探索北極與南極地區。

然而在 1928 年，阿蒙森剛完成北極點的探險任務後，一艘義大利籍飛船在北極遇難。阿蒙森立刻乘飛機前往救援，卻不幸失蹤，至今沒有人找到他所乘坐的飛機。

失蹤的傳奇女飛行員——艾蜜莉亞‧艾爾哈特

1897 年，第一位獨自飛越大西洋的美國傳奇女飛行員——艾蜜莉亞‧艾爾哈特（Amelia Earhart）出生於美國堪薩斯州。艾爾哈特從小就喜歡探險，23 歲時的十幾分鐘飛行經驗，讓她決定開始學習駕駛飛機。

1932 年，艾爾哈特從加拿大紐芬蘭出發，預計獨自飛往法國巴黎，儘管因為強風、氣候與機械問題，艾爾哈特在北愛爾蘭便著陸，但她依舊是史上第一位成功獨自飛越大西洋的女性飛行員。

1937 年，艾爾哈特與飛行領航員努南（Fred Noonan）嘗試飛越太平洋，但卻從此失聯。三年後人們於太平洋鳳凰群島（Phoenix Islands）尼庫馬羅羅環礁（Nikumaroro）發現了人類遺骨、營火、

©Wikimedia Commons

女鞋，以及海軍用品等等，但當地醫師測量與鑑定後，認為這些遺骨屬於男性。儘管美國田納西州大學（University of Tennessee）人類學教授詹茲（Richard Jantz）於 2018 年重新比對資料後，認為該遺骨屬於艾爾哈特，但因為遺骨早已下落不明，這起失蹤案依舊留下了巨大的謎團。

消失的電影之父 —— 路易斯‧普林斯

　　路易斯‧普林斯（Louis Le Prince）出生於法國梅斯（Metz）。他發明了單鏡頭攝影機，並於 1888 年拍攝了一部約兩秒的短片 ——《郎德海花園場景》（Roundhay Garden Scene）。這部短片被認為是人類歷史上第一部電影，普林斯也因此被人們稱之為「早期電影之父」。

　　然而，1890 年 9 月 16 日，普林斯計畫與夥伴先在巴黎集合，之後前往英國申請專利，並到美國紐約展示自己發明的攝影機。在前往巴黎的火車上，普林斯離奇消失，沒有乘客看到普林斯跳車，也沒有證據顯示普林斯被人所殺害，而當時的法國警方也沒有在鐵道沿線發現普林斯的遺體或行李。這場離奇的失蹤案至今沒有被解開。

©Wikimedia Commons

THE DAY I WAS ERASED
橡皮擦男孩

作　　者：麗莎‧湯普森（Lisa Thompson）
繪　　者：麥可‧羅利（Mike Lowery）
譯　　者：陳柔含

小樹文化股份有限公司
總 編 輯：張瑩瑩｜責任編輯：謝怡文｜校對：林昌榮｜封面設計：周家瑤
內文排版：洪素貞｜行銷企劃經理：林麗紅｜行銷企劃：蔡逸萱、李映柔

讀書共和國出版集團
社　　長：郭重興｜發行人兼出版總監：曾大福
業務平臺總經理：李雪麗｜業務平臺副總經理：李復民
實體通路組：林詩富、陳志峰、郭文弘、吳眉姍、王文賓
網路暨海外通路組：張鑫峰、林裴瑤、范光杰
特販通路組：陳綺瑩、郭文龍｜電子商務組：黃詩芸、李冠穎、林雅卿、高崇哲
專案企劃組：蔡孟庭、盤惟心｜閱讀社群組：黃志堅、羅文浩、盧煒婷
版權部：黃知涵｜印務部：江域平、黃禮賢、林文義、李孟儒
發　　行：遠足文化事業股份有限公司
　　　　　地址：231 新北市新店區民權路 108-2 號 9 樓
　　　　　電話：(02) 2218-1417｜傳真：(02) 8667-1065
　　　　　客服專線：0800-221029｜電子信箱：service@bookrep.com.tw
　　　　　郵撥帳號：19504465 遠足文化事業股份有限公司
　　　　　團體訂購另有優惠，請洽業務部：(02) 2218-1417 分機 1124、1135

法律顧問：華洋法律事務所 蘇文生律師
出版日期：2022 年 1 月 25 日初版
特別聲明：有關本書中的言論內容，不代表本公司／
出版集團之立場與意見，文責由作者自行承擔
All rights reserved 版權所有，翻印必究
Print in Taiwan

ISBN 978-957-0487-77-0（平裝）
ISBN 978-957-0487-73-2（EPUB）
ISBN 978-957-0487-75-6（PDF）

國家圖書館出版品預行編目資料

橡皮擦男孩／麗莎‧湯普森 (Lisa Thompson) 著；
陳柔含譯 -- 初版 -- 新北市：小樹文化股份有限
公司出版：遠足文化事業股份有限公司發行，
2022.01
面；公分
譯自：The day I was erased

ISBN 978-957-0487-77-0（平裝）

873.596　　　　　　　　　110020160

For the Work currently entitled *The Day I Was Erased*
Copyright © Lisa Thompson, 2019
Complex Chinese Translation © by Little Tree Press, 2022
This edition is arrangement with Peters, Fraser and Dunlop Ltd.
through Andrew Nurnberg Associates International Limited.
Cover illustration ©Mike Lowery, 2019
Cover illustration reproduced by permission of Scholastic Ltd.

小樹文化官網　　　　小樹文化讀者回函